Leas Sommer

Insa Fuhrmann

Leas Sommer

Jo's Pferdeabenteuer - Band 1

Atlantik

Bibliographische Informationen Der Deutschen Bibliothek
Die Deutsche Bibliothek verzeichnet diese Publikation in der Deutschen Nationalbibliographie; detaillierte bibliographische Daten sind im Internet über http://dnb.ddb.de abrufbar.

© Umschlagfoto by Heidi König
© 2004 by Atlantik
Verlags- und Mediengesellschaft
Elsflether Str. 29, D-28219 Bremen
Fon: 0421-382535 * Fax: 0421-382577
www.atlantik-verlag.de

1. Auflage September 2004

Alle Rechte vorbehalten!
Auch auszugsweise Wiedergabe oder Nachdruck nur mit Genehmigung des Verlags.

Der Verlag dankt insbesondere der Fotografin Heidi König sowie Claudia Zuper für die Unterstützung bei der Herausgabe dieses Buches.

Umschlaggestaltung: Atlantik
Umschlagfoto: Heidi König
Gesamtherstellung: Fuldaer Verlagsanstalt

ISBN 3-926529-83-0

Meiner Mutter Margit Fuhrmann in Liebe

Ich danke herzlich Margit, Dr. Hermann A. und Hauke Fuhrmann, Dr. Tina Liebenthal, Bärbel Becker und Jan Becker für die liebevolle Unterstützung und das Probelesen.

Kapitel 1

Die sechste Kerbe

Johanna May saß zum sechsten Mal unter der großen Tanne auf dem Grundstück ihrer Großmutter und weinte.

Sie wusste genau, dass es das sechste Mal war, denn sie hatte die Kerben in dem großen Ast neben ihr gezählt. Die erste, die mit Flechten überwachsen war, hatte sie hier mit ihrem Taschenmesser eingeritzt, als sie acht Jahre alt war. Damals war ihr Kaninchen Toby gestorben. Seitdem hatte sie noch vier weitere Kerben angebracht. Die zweite dafür, dass sie wegen der Arbeit ihres Vaters nach Stuttgart ziehen mussten. Die dritte dafür, dass sie aus Stuttgart zurück nach Kiel gezogen waren. Beides hatte dazu geführt, dass sie die Schule wechseln musste und alte Freunde nur noch selten sehen konnte.

Für die vierte Kerbe hatte Marcus gesorgt, der ihren ersten Liebesbrief nicht beantwortet hatte.

Die fünfte Kerbe hatte den schlimmsten Anlass, denn diese hatte sie an dem Abend des Sonntags eingeritzt, als ihr Großvater Pelle gestorben war. Pelle hieß nicht wirklich Pelle, sondern Karl, aber er wurde Pelle genannt, weil er Pellkartoffeln mit Butter und Salz lieber mochte als jedes andere Essen. Und er hatte Johanna als Erster ihren Spitznamen gegeben: Jo. Denn ein Mädchen, das lieber im Wald mit Stöcken Fechten spielte als ihre Puppen zu betreuen, das könne auch gleich wie ein Junge heißen, hatte er gemeint.

Seit einem halben Jahr mussten sich Jo und ihre beiden Brüder Niels und Benjamin nun daran gewöhnen, dass Opa Pelle nicht mehr da war, wenn sie zu Besuch kamen. Er konnte nicht mehr wie zuvor triumphierend das Eis aus dem Keller holen, das er für seine Enkel gekauft hatte und er konnte auch keine Geschichten von früher mehr erzählen. Die Kinder vermissten ihn sehr.

Wer ihn natürlich noch mehr vermisste, war Oma Liesbeth, denn die musste nun ganz allein in dem großen, reetgedeckten Bauernhaus wohnen. Also hatte sie ihre Tochter, Jos Mutter, gebeten, doch mit ihrem Mann und den drei Kindern bei ihr einzuziehen. Das hatte eine Menge Hin und Her gegeben, denn Jos Vater war ein bequemer Mensch und hielt nicht viel davon, eine dreiviertel Stunde länger zur Arbeit unterwegs zu sein. Schließlich musste er aber einsehen, dass er gegen die Familie keinen guten Stand hatte, denn alle anderen waren für den Umzug gewesen. Selbst Johanna hatte es nun nicht mehr gestört, dass sie noch einmal die Schule wechseln musste, wenn sie nur aufs Land ziehen konnten. Denn zum Haus ihrer Großmutter gehörten auch ein Stall mit vier großen, hellen Boxen, ein trockener Auslauf davor und eine große Weide. Die Boxen hatten den Schleswiger Kaltblütern gehört, die der Großvater einmal gehabt hatte.

Und das Ganze bedeutete, dass man sich hier Pferde am Haus halten konnte.

Jo hatte es kaum erwarten können, endlich nach Sielsdorf umzuziehen. Es versprach, die schönste Zeit ihres Lebens zu werden.

Bis jetzt. Denn jetzt musste sie eine neue Kerbe in die hohe Tanne schnitzen. Und Schuld daran war die Sache mit Lea.

Lea war Jos zwölfjährige Fjordstute. Ein bildhübsches, falbes Tier mit Stehmähne und lebhaften Augen. Jo hatte sie vor zwei Jahren zu Weihnachten geschenkt bekommen und hatte mit ihr bereits viel erlebt. Sie hatten sogar einen viertägigen Wanderritt mit der Gruppe der Reitschule unternommen, in der Lea zur Pension stand. Als Jo sich jetzt daran erinnerte, traten ihr wieder die Tränen in die Augen. Denn vor einer Stunde war ihr neuer Tierarzt gekommen und hatte ihr mitgeteilt, dass sie Lea nie wieder würde reiten können.

Vor zwei Monaten war die Stute beim Toben auf der Weide in ein Kaninchenloch geraten und hatte sich schwer an der Sehne verletzt. Seitdem hatte Jo ihre freie Zeit damit verbracht, Umschläge zu machen, Salben und Pasten aufzutragen und Angussverbände aufzugießen. Nie wäre sie auf die Idee gekommen, dass Lea nicht wieder ganz gesund werden könnte. Erst als Dr. Willmer ihr empfohlen hatte, die Stute in einer Tierklinik noch einmal untersuchen zu lassen, waren ihr erste Zweifel gekommen. Und jetzt hatte der Tierarzt die Untersuchungsergebnisse bekommen. Lea dürfe nie wieder arbeiten. Höchstens eine leichte Kutsche könne sie vielleicht in paar Wochen wieder ziehen. Aber nur auf hartem Boden und nicht steil bergan oder bergab.

Das hatte Dr. Willmer Jo mitgeteilt und ihr bedauernd auf die Schulter geklopft.

Jetzt waren also alle Träume vorbei, keine Ausritte am Strand und keine Touren auf den vielen Feld- und Waldwegen, die hier zum Reiten freigegeben waren. Wie hatte Jo gehofft, dass die Eltern ihre Pläne wahrmachen und ein zweites Pferd zur Gesellschaft für Lea kaufen würden. Dann hätte sie mit ihrer Freundin Anna ausreiten können, wenn diese aus Kiel zu Besuch kam. Aber all das konnte nun nichts mehr werden. Jo fand den Tag schrecklich und grau, obwohl der Umzug endlich vorbei war und die Sonne strahlend vom Himmel schien.

Sie wischte die Tränen ab und zog ihr altes Taschenmesser hervor. Dann ritzte sie die sechste Kerbe ein. Von der Koppel hörte sie ein Pferd wiehern und schob die Tannenzweige beiseite, um hinüberschauen zu können.

Da stand Lea und schien auf ihrer bunten Frühlingswiese überhaupt nicht unglücklich zu sein. Vielmehr betrachtete sie eine unten auf der Straße vorbeifahrende Kutsche mit zwei hübschen Rotfüchsen davor. Neben ihr reckte das Shetlandpony Gauner den kurzen Hals, um auch etwas von dem Spektakel mitzubekommen.

Gauner gehörte dem Besitzer der Reitschule, die noch einige Kilometer hinter dem Dorf lag. Weil Gauner nach einer schweren Lungenentzündung eine Weile Urlaub vom Reitschulbetrieb brauchte, hatte Herr Lauenberger den kleinen Rappschecken gerne an die Familie May als Gesellschaftspferd für Lea verliehen.

Jo betrachtete die beiden Ponys, die sich in kürzester Zeit angefreundet hatten.

Jetzt sah auch Gauner die anderen Pferde und wieherte hell zu ihnen hinüber. Dann raste er im Galopp hinunter zum Zaun, um die Kutsche bis zum Ende der Koppel zu begleiten. Lea folgte ihm in gemächlichem Trab. In dieser Gangart war deutlich zu sehen, dass sie immer noch leicht lahmte. Bis jetzt hatte Johanna sich immer gesagt, dass dies wohl bald vergehen würde. Aber das war ein Irrtum gewesen. Bevor die Tränen wieder anfangen konnten zu fließen, ließ Jo die Zweige der Tanne wieder zusammenschnellen und hockte nun wieder im Dunkel des Zeltes, das die Äste und Nadeln bildeten. In diesem Moment hörte sie vom Haus her aufgeregtes Rufen.

»Jo? Jo!«

Jo erkannte die Stimme ihrer Mutter und antwortete unlustig: »Ja! Ich bin hier.«

»Telefon für dich! Anna ist dran. Beeil dich!«, rief die Mutter. Jo fiel ein, dass Anna versprochen hatte, am Nachmittag anzurufen, um sich zu erkundigen, was der Tierarzt gesagt hatte. Jo seufzte und stand auf. Es hatte ja keinen Sinn, hier zu bleiben. Irgendwann musste sie es Anna sowieso erzählen.

Sie nahm den Weg über die Koppel, um schneller beim Haus zu sein. Als Lea sie erblickte, wieherte sie freundlich und kam zu Jo hinüber, um sich streicheln zu lassen. Aber Jo war in Gedanken schon bei dem Gespräch mit Anna und nahm die Stute kaum wahr. Schnell, wenn auch sanft, schob sie den Pferdekopf beiseite und schlüpfte an ihr vorbei in Richtung Haus.

Lea blickte ihr mit einem verwunderten Ausdruck nach. So kannte sie ihre Herrin nicht. Eigentlich war Jo immer fröhlich und vor allen Dingen stets zum Schmusen bereit.

»Schieß los, wann kannst du endlich wieder reiten?«, fragte Anna ungünstigerweise als erstes.

»Ich denke, wenn ich mir irgendwann ein neues Pferd kaufen kann«, antwortete Jo bitter.

»Wie bitte, heißt das, du kannst Lea nie wieder reiten?« Anna klang entgeistert.

»Genau, das heißt es.«

»Aber... aber... Sie muss doch nicht etwa eingeschläfert werden, oder?", fragte Anna ängstlich.

»Nein«, antwortete Jo. »Auf der Koppel herumlaufen und spazieren gehen kann sie, ohne dabei Schmerzen zu haben, sagt Dr. Willmer.«

»Aber das ist doch immerhin etwas!«, versuchte Anna sie zu trösten.

»Alle meine Träume sind auf einmal futsch. Du hast ja keine Ahnung!«

»Also hör mal!«, empörte sich Anna. »Ich wäre froh, wenn ich überhaupt ein Pferd hätte. Von mir aus könnte es winzig und uralt sein.«

»Aber es war so schön, als ich noch mit Lea ausreiten konnte«, sagte Jo, die schon wieder den Tränen nahe war.

»Ach, da werden wir uns schon was einfallen lassen«, versuchte Anna sie aufzumuntern. „Morgen hast du erst mal den großen Auftritt in der neuen Schule und nachmittags komme ich zu dir und dann reden wir über alles.«

Die Schule, dachte Jo, als sie aufgelegt hatten, als wenn mich das trösten könnte. Bei meinem Glück kann es ja nur schrecklich werden.

Kapitel 2:

Dreimal Streit an einem Tag

Am nächsten Morgen war Jo immer noch davon überzeugt, dass der erste Tag in der neuen Schule nur eine Katastrophe werden könne. Mit entsprechend unglücklichem Gesicht saß sie deshalb im Schulbus. Sie bemerkte es kaum, als sich ein Mädchen mit honigblonden, langen Locken und fröhlichem, etwas pausbackigem Gesicht neben sie setzte. Erst, als das Mädchen sie ansprach, schreckte Jo aus ihren düsteren Gedanken auf.

»Hallo! Ich habe dich noch nie hier im Bus gesehen. Bist du neu auf unserer Schule?«

Die Stimme des fremden Mädchens klang heiter und offen. Jo fand sie auf Anhieb sympathisch. »Ja, allerdings«, antwortete sie. »Ich bin vorher in Kiel zur Schule gegangen. Aber jetzt sind wir nach Sielsdorf gezogen und meine alte Schule ist zu weit weg.«

»Du Ärmste!«, antwortete die andere. »Dann vermisst du deine Freunde bestimmt sehr.«

»Na ja«, wog Jo daraufhin ab. »Soo weit weg sind sie ja nun auch wieder nicht, und ich finde es hier eigentlich sehr schön. Ich mache mir nur Sorgen, wie es wohl in der Schule sein wird.«

»Ach, so schlimm kann es nicht werden. Nur wenn du den Schwerdtmann in Mathe bekommst, oder Frau Regen in Englisch, dann wird es hart. Die hab ich nämlich zur Zeit und ich finde sie beide grässlich. Ach ja, ich bin übrigens Helena«, sagte das blonde Mädchen und streckte Jo die Hand hin.

Jo nahm sie. »Ich bin Johanna. Aber es nennen mich sowieso alle Jo.«

»Wie alt bist du?«, fragte Helena, während sie Jo anlächelte.

»Dreizehn. Ich habe noch zwei Brüder, die sind acht und neun Jahre alt. Die beiden halten mich für ein ziemlich verrücktes Wesen aus einer anderen Welt.«

»Ich glaub, das ist bei allen Brüdern so, jedenfalls geht es mir nicht anders. Aber weißt du was? Wir sind gleich alt, vielleicht kommst du ja in unsere Klasse!«

»Das wäre prima! Sag mal, Helena, ist das nicht die Frau aus der griechischen Sage?«

»Stimmt«, antwortete Helena, »und die war auch so unglaublich schön.« Scherzhaft fuhr sie durch ihr lockiges Haar und versuchte, einen möglichst eingebildeten Gesichtsausdruck zu machen.

Jo musste lachen und Helena lachte mit.

Vielleicht, dachte Johanna, wird der Tag doch nicht so schlecht.

Damit sollte sie zunächst recht behalten, und dass, obwohl sie sowohl Frau Regen in Englisch, als auch Herrn Schwerdtmann in Mathematik bekam. Dieses lag aber daran, dass sie tatsächlich in die gleiche Klasse kam wie Helena – und das war wirklich ein Gewinn, der die unfreundlichen Lehrer wieder wettmachte. Sogar der Platz neben Helena war noch frei und so fühlte sich Jo gleich ein bisschen zu Hause.

Als sie nach dem ersten Schultag wieder im Bus saßen, fragte Helena: »Und, was hast du für Hobbies?«

Prompt und ohne darüber nachzudenken, antwortete Jo: »Mein liebstes Hobby ist jedenfalls das Reiten.«

»Das ist ja fantastisch!« Helena war begeistert. »Ich reite nämlich auch und sonst ist niemand in unserer Klasse, der Pferde mag. Endlich hab ich jemanden, mit dem ich stundenlang darüber reden kann.«

Sie bemerkte gar nicht, dass Jos Gesicht inzwischen düster und verschlossen geworden war und plauderte munter weiter: »Wir haben zwei Pferde, na ja, eigentlich sind es recht knappe Pferde, drei Zentimeter kleiner und sie wären Ponys. Es sind beides Welsh Cobs. Der Wallach gehört mir alleine. Hast du auch ein eigenes Pferd?«, fragte sie dann.

»Hm«, brummte Jo lediglich unfreundlich. Aber Helena ließ sich davon nicht beeindrucken.

»Hm. Heißt das, du hast ein eigenes Pferd?«

Jo musste wohl oder übel antworten.

»Ja, ich habe ein eigenes Pferd. Ein Pony.«

»Oh, das ist ja toll! Was ist es denn?«

»Ein Fjordpferd«, erklärte Jo knapp.

»Das finde ich ja spitzenmäßig! Dann können wir ja zusammen ausreiten!«, rief Helena beglückt aus.

Jetzt reichte es Jo. »Das können wir überhaupt nicht«, fuhr sie Helena so laut an, dass sich andere im Bus nach ihnen umdrehten.

Helena war so erschrocken, dass sie einen Augenblick brauchte, bevor sie antworten konnte: »Sag mal, was hab ich dir denn getan? Wenn du mich nicht leiden kannst und mit mir nicht ausreiten willst, hättest du mir das auch gleich sagen können!«

Jetzt tat es Jo leid, dass sie so aufbrausend gewesen war. Immerhin war Helena bis jetzt ihre einzige Freundin in der neuen Schule.

»Ach, das ist es doch gar nicht und ich mag dich auch. Es ist nur so, dass ich zwar ein eigenes Pony habe, aber darauf nicht ausreiten kann.«

Helenas Augen weiteten sich vor Überraschung.

»Aber, wie kommt denn das? Ist es denn schon so alt?«

»Nein. Aber es hat eine kranke Sehne und gerade gestern hat mir der Tierarzt gesagt, dass es nie mehr geritten werden darf«, erklärte Jo klagend.

»Das ist zwar traurig«, fand Helena, »aber deswegen musst du doch nicht aus der Wäsche schauen, als wäre die Welt untergegangen!«

»Und wieso nicht? Was würdest du sagen, wenn dein Pferd plötzlich in ein Kaninchenloch treten würde und alle deine Träume wären nur noch Schnee von gestern?«, fragte Jo wieder etwas aufgebracht.

»Aber man muss doch ein Pferd nicht unbedingt reiten können, um Freude daran zu haben!« Helenas Stimme klang erstaunt. »Man hat es doch trotzdem lieb.«

»Toll!«, schimpfte Jo. »Das hilft mir sehr viel, wenn all die Leute mit gesunden Pferden an unserem Haus vorbeireiten und ich dableiben muss.«

»Was heißt hier, all die Leute?«, erwiderte Helena, und ihre Stimme klang jetzt auch hitzig. »Es haben doch kaum Leute ein eigenes Pferd. Die meisten Mädchen wären froh, wenn sie an deiner Stelle wären.«

»Ich habe es aber satt, mir sagen zu lassen, ich müsse mich noch darüber freuen, jetzt ein krankes Pferd zu haben, nur weil es anderen noch schlechter geht«, antwortete Jo.

»Also, ich hab auch an der Stallarbeit Freude und am Putzen und allem anderen Drumherum, damit du es nur weißt!«, rief Helena aufgebracht. »Und bestimmt nicht nur, weil ich gerne reite. Ich habe mein Pferd nämlich auch so gerne und würde es nie abschieben, so wie du, wenn du es nicht mehr reiten kannst.«

»Bist du jetzt völlig verrückt geworden?«, fauchte Jo. »Kein Mensch hat etwas von Abschieben gesagt. Aber du hast ja auch leicht reden! Dein Pferd steht ja zu Hause und wartet nur auf den nächsten Ausritt. Da ist es leicht, Moralpredigten zu halten. Aber wie das wirklich ist, wenn dein Pferd plötzlich krank ist, weißt du gar nicht. Du hast ja keine Ahnung.«

»Jedenfalls«, sagte Helena kühl, »weiß ich, dass ich mit solchen Leuten nichts zu tun haben will, die ihr Pferd nur als Sportgerät betrachten.«

Mit diesen Worten stand sie auf und suchte sich eine andere Sitzbank im Bus.

Jetzt fühlte sich Jo völlig missverstanden. Als ob sie ihr Pony nicht liebte! Da warf ihr doch so eine besserwisserische Pute einfach vor, sie betrachte ihr Pferd als Sportgerät, nur weil sie darüber traurig war, dass die schöne Zeit der gemeinsamen Ausritte vorbei war.

Jo hasste die Menschen, die Pferde nicht um ihrer selbst willen mochten, sondern nur, weil man mit ihnen auf Turniere fahren und sie über riesige Hürden scheuchen konnte, um dann hinterher im Reiterstübchen damit anzugeben.

Niemals hätte sie gedacht, dass sie sich den abgedroschenen Spruch mit dem Sportgerät selbst einmal als Vorwurf würde anhören müssen. Dabei war sie einfach nur bis zum Platzen mit Kummer angefüllt und hatte vergebens ein bisschen Verständnis erwartet.

Als Jo nach Hause kam, war ihr weder nach Mittagessen noch nach einer Unterhaltung mit ihren Eltern zumute. Und auf die Gesellschaft ihrer lauten Brüder konnte sie erst recht verzichten. Also schlich sie sich bis in ihr Zimmer durch und zog sich alte Sachen an, um dann zum Stall hinunter zu gehen.

Lea und Gauner standen noch auf dem Auslauf, denn sie durften nicht den ganzen Tag auf die Koppel. Beide würden sonst viel zu fett werden, zumal nicht mit ihnen gearbeitet wurde. Aber jetzt war es Zeit, sie auf die Weide zu lassen. Ohne die Tiere weiter zu begrüßen, öffnete Jo das Tor zur Koppel. Dann machte sie sich mit einem Appleboy und der dazugehörigen kleinen Harke ans Absammeln des Auslaufes.

Mechanisch verrichtete sie die Arbeit, die ihr sonst immer Spaß machte, konnte aber den Streit mit Helena nicht vergessen. Sie fragte sich, wie Helena eigentlich dazu kam, Jos angeblich mangelnde Pferdeliebe beurteilen zu wollen. Schließlich kannten sie sich ja überhaupt nicht!

Aber so war es schließlich schon immer gewesen. Jedes Mal, wenn sie Kummer hatte und mit jemandem darüber zu sprechen versuchte, wurde alles nur noch schlimmer. Entweder man erntete halbherzige Trostsprüche oder man stieß auf völliges Unverständnis. Wenn es nach den anderen ging, musste man wohl immer grinsend durch die Welt laufen, egal, wie schlecht man sich fühlte.

Sie kontrollierte die Boxen, zu denen die Pferde, außer zur Fütterungszeit im Winter, freien Zugang hatten. Hier waren keine Äppelhaufen zu finden. Lea und Gauner mussten draußen geschlafen haben. Bei dem schönen Wetter war das ja auch verständlich. Jo drehte sich um und schickte sich an, Leas Box zu verlassen. Da stellte sie überrascht fest, dass die Stute mit erwartungsvollem Gesicht vor der Box stand, und auf sie wartete. Lea musste die ganze Zeit bei ihr geblieben sein. Und das, obwohl das Tor zur Koppel offen stand und Lea verfressener war als ein ausgehungerter Straßenköter.

Aber Jo dachte gar nicht weiter über diesen Freundschaftsbeweis nach, sie war immer noch in Gedanken mit ihrem Unglück beschäftigt.

Sie tauchte einfach unter Leas Hals hindurch und verschwand mit der Schubkarre in Richtung Misthaufen.

Der verwunderte Ausdruck auf dem Gesicht der Stute vertiefte sich. Sie hatte ein gutes Gefühl für die Stimmungen ihrer Herrin. Und dass Jo so traurig wirkte, brachte ihre kleine Welt in Unordnung.

Erst als Jo um die Ecke verschwunden war, drehte sich die Stute um und eilte im Trab auf die Koppel, um sich dem frischen Maigras zuzuwenden.

Jo beachtete sie nicht und leerte die Schubkarre auf der Mistplatte aus. Dann schleppte sie einen Ballen Stroh heran und füllte die überdachte Raufe, damit die Pferde

Raufutter hatten, wenn sie wieder auf dem Auslauf stehen mussten. Das war sowohl für ihre Beschäftigung als auch für ihre Verdauung wichtig, das wusste Jo.

Erst als sie von der Raufe zurücktrat, sah sie, dass ihr Vater am Zaun stand und sie beobachtete. Wieso sah er so nachdenklich und dabei doch fast zornig aus? Jo konnte sich nicht erinnern, etwas verbrochen zu haben, was ihren Vater hätte reizen können. Aber sie hatte keine Lust, es zum zweiten Mal an diesem Tag auf einen Streit ankommen zu lassen und so drückte sie sich wortlos an ihrem Vater vorbei, um ins Haus zu gehen.

»Wolltest du kein Mittagessen?«, fragte der, und seine Stimme klang nicht gerade freundlich.

»Keinen Hunger...«, murmelte Jo und beeilte sich, ins Haus und in ihr Zimmer zu kommen.

Gerade hatte sie sich dort an ihre ersten Mathehausaufgaben gesetzt, hörte sie die Stimme ihrer Mutter im Treppenhaus: »Jo? Komm bitte runter, Papa und ich möchten mit dir reden.«

Jos Mutter klang angespannt. Oje, das konnte ja was werden. Langsam schaltete Jo die Schreibtischlampe aus und schlich die Treppe hinunter zu ihren Eltern ins Wohnzimmer.

»Bitte setz dich, Johanna!«, sagte ihr Vater scharf. Also war Alarmstufe rot angesagt. Ihr Vater wurde immer betont formell, wenn er sehr wütend war.

Die Mutter begann das Gespräch.

»Dein Vater hat eben gesehen, dass du Lea auf dem Auslauf nicht eines Blickes gewürdigt hast«, sagte sie. Ihre Stimme klang erstaunt, als könne sie nicht glauben, dass die sonst ewig mit ihrem Pferd schmusende Tochter mit einem Mal kein Interesse mehr an ihrem Pony zeigte.

»Ich war eben mitten in der Arbeit«, verteidigte sich Jo. »Und außerdem war ich in Gedanken. Grund genug dazu hab ich ja wohl.«

»Sie ist dir die ganze Zeit hinterhergelaufen, weil sie dich begrüßen wollte«, sagte ihr Vater ärgerlich. »Ich war ganz gerührt, weil die Tür zum Gras ja schon offen stand. Und was muss ich dann sehen? Meine Tochter geht einfach an dem Pferd vorbei, als wäre es nichts als Luft.«

»Aber das ist doch Blödsinn«, protestierte Jo. »Ich habe sie heute morgen vor der Schule schon gestriegelt und mit ihr geschmust. Ich bin einfach nur nicht besonders gut drauf und das könntet ihr ruhig mal verstehen. Statt dessen hackt ihr auf mir herum, als hätte ich sonst was angestellt.«

»Du weißt so gut wie ich, dass Lea nichts dafür kann, dass sie verletzt ist. Du hättest die Stute lieber für ihre Treue loben sollen, anstatt sie einfach zu übersehen. Oder ist dir dein Pferd vielleicht nicht mehr gut genug, nun, wo du es nicht mehr reiten kannst?«

Jetzt wurde Jo wütend. Ihr Vater redete ja genauso wie Helena!

»Hör mal! Ich habe Lea nicht vernachlässigt oder sonst irgendetwas und das würde ich auch nie tun. Aber vielleicht denkst du auch mal daran, dass ich selbst auch nichts dafür kann, dass mein Pferd verletzt ist. Und ich bin ganz einfach unglaublich enttäuscht und traurig, weil es nun mit dem Reiten für immer vorbei ist. Das heißt doch nicht, dass ich Lea nicht mehr mögen würde. Du siehst doch, dass ich die ganze Stallarbeit gemacht habe und alles.«

»Aber ein Pferd braucht eben mehr als nur die Versorgung. Es braucht auch Liebe und leidet darunter, wenn es sie nicht bekommt. Und was die Arbeit angeht – ich dachte immer, die machst du gern.«

»Ja«, sagte Jo bitter. »Aber doch nicht als Selbstzweck. Ich mache die Arbeit gerne, weil sie zu Lea dazugehört und das ist auch gar kein Problem. Nur das Reiten gehört jetzt nicht mehr dazu und das ist ganz einfach die Hölle für mich.«

»Meine liebe Tochter«, hub ihr Vater daraufhin an und war puterrot im Gesicht. »Ich habe bis jetzt immer geglaubt, du wärst verantwortungsvoll genug, um ein eigenes Pferd zu haben. Aber da habe ich mich ja anscheinend getäuscht. Ein Pferd zu lieben, solange es jung und gesund ist, ist leicht, aber zu seinem Tier auch zu stehen, wenn es krank oder alt ist, dazu gehört der echte Tierfreund, mit großem Verantwortungsbewusstsein. Ich hätte dir dieses Pferd nie schenken sollen, aber glaub nicht, dass ich dich jetzt aus der Verantwortung entlasse. Du wirst Lea versorgen und du wirst sie vernünftig behandeln. Ich hoffe, ich habe mich klar ausgedrückt.«

Jo starrte ihren Vater an. Hatten denn nicht einmal ihre eigenen Eltern Verständnis für ihre Tochter? Alle ihre Träume waren plötzlich zerplatzt und ihr Vater wusste keinen Kommentar, als sie als verantwortungslose Tierquälerin darzustellen. Und ihre Mutter schien ganz seiner Meinung zu sein. Dabei lagen die Dinge doch ganz anders. Sie liebte Lea über alles und hätte sie auch jetzt nicht gegen ein anderes Pferd eingetauscht. Und sie wäre nie auf die Idee gekommen, die Verantwortung für das Tier abgeben zu wollen. Aber es würde so viel Schönes, das sie mit der Stute geteilt hatte, in Zukunft nicht mehr geben. Eigentlich wollte sie nur endlich ihre Ruhe und darüber traurig sein dürfen. Aber offensichtlich durfte man nicht einmal das. Statt dessen musste sie sich die größten Gemeinheiten anhören, die ihre Eltern ihr überhaupt sagen konnten.

Plötzlich fühlte sie sich innerlich so schwach, dass sie nicht einmal in der Lage war, sich gegen diese Vorwürfe zu verteidigen. Sie wollte einfach nicht noch mehr von diesen unglaublichen Dingen hören. Dann sollten ihre Eltern doch glauben, sie hätten Recht mit dem, was sie sagten. Jo wollte nur noch allein sein.

Mit zusammengebissenen Zähnen stand sie auf und versuchte, nicht zu weinen, bis sie ihr Zimmer erreicht hatte.

Dort angekommen warf sich Jo auf das Bett und ließ ihren Tränen freien Lauf. Aber schließlich riss sie sich zusammen. Weinen half ihr auch nicht weiter. Sie starrte die Zimmerdecke an, bis Anna kam.

Ungewöhnlich schnell sprang die Freundin die Stufen zu Johannas Zimmer hinauf und grüßte betont fröhlich, als sie die Tür öffnete.

Offensichtlich hatte sie sich vorgenommen, Jo etwas aufzuheitern. Unsinnigerweise machte das Jo wütend. Nicht einmal bei ihrer besten Freundin durfte sie also traurig sein. Entsprechend unfreundlich erwiderte sie den Gruß.

»Nana!«, rief Anna aus. »Du siehst ja aus, als wären dir alle Felle davongeschwommen.«

»Das sind sie ja schließlich auch«, gab Jo zurück.

»Aber wieso denn? Lea wird das Ganze doch schließlich überstehen und das ist ja wohl das Wichtigste.«

»Ja!«, fauchte Jo sie an. »Das Wichtigste ist, dass ich gleich wieder fröhlich bin und ihr euch alle keine Sorgen machen müsst. Wie es in mir aussieht, interessiert euch einen Dreck! Ich werde nie wieder reiten können, kannst du dir nicht vorstellen, was das für mich bedeutet?«

Anna war fest entschlossen, sich nicht reizen zu lassen, denn sie wusste, dass Jo immer ungehalten war, wenn die Dinge nicht so liefen, wie sie es sich wünschte.

»Natürlich wirst du reiten können. Nur eben nicht auf Lea. Aber du kannst doch in den Reitstall fahren und dort Unterricht nehmen oder Ausritte mitmachen«, schlug Anna vor.

»Das ist doch nichts im Vergleich zu einem eigenen Pferd«, stellte Jo mit Nachdruck fest.

»Aber du hast doch ein eigenes Pferd«, beharrte Anna.

»Ich kann es aber nicht mehr satteln und auf ihm ausreiten, wann es mir passt und ohne, dass ich mir von dämlichen Reitschullehrern etwas sagen lassen muss.«

»Du kannst weiterhin mit ihr zusammen sein, mit ihr reden und sie pflegen«, sagte Anna.

»Aber nicht reiten! Das kann mir doch die Pferdepflege nicht ersetzen. Es ist, als hätte mir jemand das Wichtigste in meinem Leben einfach weggenommen!«

»Also wirklich, Jo!« Jetzt wurde auch Anna ärgerlich. »Ich habe immer gedacht, Lea sei dir das Wichtigste. Und jetzt tust du so, als wäre sie tot, nur weil du sie nicht mehr reiten kannst!«

»Nur!«, ereiferte sich Jo. »Wenn ich schon höre wie du ‚nur' sagst! Als wäre es irgendeine Lappalie. Es war aber mein einziges Hobby und ich habe es geliebt!«

»Wenn es das Einzige war, wofür du Lea gern gehabt hast, kannst du sie ja auch gleich zum Schlachter bringen«, antwortete Anna hitzig. »Das würde dir ja wohl auch nichts ausmachen. Aber ich schaue mir das nicht an, ich gehe jetzt nämlich und ich komme erst wieder, wenn du vernünftig geworden bist.«

Mit diesen Worten schlug Anna die Tür hinter sich zu und Jo war wieder allein in ihrem Zimmer. Jetzt liefen ihr wieder die Tränen über die Wangen, obwohl sie sich darüber ärgerte. Sogar mit ihrer besten Freundin hatte es jetzt Streit gegeben. Und alles wieder nur, weil sie versucht hatte, ihren Kummer mitzuteilen. Für ein paar

Momente erwog sie, nie wieder mit einem Menschen ein Wort zu sprechen. Irgendwie tröstete sie der Gedanke daran, wie ihre Eltern sich dann um sie sorgen würden. Vielleicht würden sie dann verstehen, dass es hier um mehr ging, als irgendeine Unbequemlichkeit.

Und das war doch schließlich ein Kummer, wenn man so lange von den Ausritten hier auf dem Lande geträumt hatte und sich dann alles in Luft auflöste! War sie wirklich ein so schlechter Mensch, nur weil sie darüber traurig war? Und wieso glaubten alle, sie sei nicht erleichtert darüber, dass Lea wenigstens am Leben bleiben durfte?

Wenn Lea gestorben wäre, wäre alles natürlich noch viel schlimmer, dachte Jo, aber trotzdem wollte sie jetzt einfach nur traurig sein dürfen. Darauf hatte sie einen Anspruch, dessen war sie sich sicher.

Kapitel 3:

Lea ist selbst ihr bester Anwalt

Erst am Abend verließ Jo ihr Zimmer, um die beiden Ponys von der Koppel zu holen. Sie füllte die Krippen in den Boxen mit je einer Handvoll Müslifutter sowie einer Möhre und einem Apfel. Sonst würde es schwer werden, die beiden Grasliebhaber auf den Auslauf zu bekommen. Dann stellte sie sich an das Tor zur Koppel, das sie schon auf dem Weg von der Futterkammer geöffnet hatte, und pfiff nach Lea und Gauner. Das Shetlandpony wieherte und lief im gemächlichen Trab auf die Auslauftür zu. Es verschwand in seiner Box, um nach den bereit gestellten Leckerbissen Ausschau zu halten.

Lea aber konnte Jo auf der Koppel nirgends entdecken. Seufzend drehte sie sich um, um Leas Halfter aus der Sattelkammer zu holen. Dann schrie sie vor Überraschung leise auf und hielt in der Bewegung inne. Die Stute stand so dicht hinter ihr, dass sie sie fast mit dem Maul berührte. Lea musste schon auf sie gewartet haben. Jo wunderte sich, denn normalerweise verließ die Stute das Gras nicht eher als unbedingt nötig.

»Was machst du denn schon hier? Hast du heute mehr Appetit auf Müslifutter als auf Gras?«, fragte Jo die Stute. »Na schön, dann komm mal mit, dein Essen ist schon fertig.«

Tatsächlich folgte Lea ihr auf dem Fuß, weigerte sich aber, in die Box zu ihrem Futter zu gehen.

Jo betrachtete verwundert den aufmerksamen Gesichtsausdruck ihres Ponys.

»Was willst du denn, meine Kleine? Hier ist doch dein Futter und ich kann Gauner nicht wieder herauslassen, bis du aufgefressen hast. Jetzt ist nicht die richtige Zeit zum Schmusen.«

Sie bugsierte die Stute mit Hilfe eines Halfterstrickes in die Box. Allerdings war Lea auch jetzt nicht bereit zu fressen. Nicht einmal, als Jo versuchsweise um die Stallecke verschwand, wandte Lea sich dem Futter zu. Entnervt ließ Jo sie daraufhin wieder aus der Box.

»Na gut, meine Schöne, aber wunder dich nicht, wenn der Kleine deine Karotten nachher gefressen hat.« Sie ließ auch das Shetlandpony wieder frei, das sich wie auf Kommando in Leas Box begab, um im seltenen Genuss einer Gelegenheit zum Mundraub zu schwelgen.

Lea aber lief mit knapp zehn Zentimeter Abstand hinter Jo her, als diese in Richtung auf die große Tanne den Auslauf verlassen wollte. Jo hatte gehofft, sich wenigstens dorthin in Ruhe zurückziehen zu können. Ihr war nach ein paar ungestörten Minuten, verborgen im Schatten des großen Baumes. Trotzdem blieb sie noch eine Weile bei Lea stehen und kraulte sie hinter den Ohren, damit die Stute sich nicht abgeschoben vorkam.

Aber das Pony spürte genau, dass Jo eher gedankenverloren mit ihr schmuste und sich in sich selbst zurückzog. Sanft schubste sie ihre Herrin an, um ihre Aufmerksamkeit zurückzugewinnen.

Aber Jo verstand nicht, was das Pony ihr sagen wollte.

»Ach, jetzt möchtest du doch wieder ein Leckerli haben?«, fragte sie. »Du weißt aber auch nie, was du willst.«

Sie kramte aus ihrer Hosentasche einen Leckerbissen für das Pferd hervor und schob ihn der Stute ins Maul.

»Jetzt musst du mich aber entschuldigen«, sagte Jo zu ihr. »Sei mir nicht böse, aber ich möchte ein bisschen allein sein.«

Sie kletterte durch den Zaun und verschwand hinter den Zweigen der großen Tanne. Mit einem Seufzer ließ sie sich auf den Boden fallen und sofort kamen ihr die Tränen.

Nicht nur mit dem Reiten war es für immer vorbei. Es war auch niemand bereit und in der Lage, zu verstehen, wie viel ihr dies bedeutete. Stattdessen glaubten alle, sie sei eine von diesen verwöhnten Gören, die ihr Pony nur so lange liebten, wie es sie durch die Gegend tragen konnte. Jo wusste nicht, wie sie sich dagegen wehren sollte.

Erst als sie sich wieder ein wenig beruhigt hatte, hörte sie das Wiehern. Immer wieder, laut und besorgt, klang es von dem Auslauf herüber.

Jo stand auf, um nach ihrer Stute zu sehen. Ob sie Durst hatte? Was konnte das Pony sonst von ihr wollen?

Aber als Jo die Stute sah, die aufgeregt nach ihr Ausschau hielt und endlich erleichtert schnaubte, als Jo in ihr Sichtfeld kam, begriff sie endlich. Lea machte sich Sorgen um sie!

Gerührt trat sie auf die Stute zu und nahm den hübschen Ponykopf in die Hände.

»Komm mit, ich erzähl dir alles, vielleicht kannst wenigstens du mich verstehen.«

Und dann ging sie, die Stute im Schlepptau, zu Leas Box hinüber, ließ sich ins Stroh fallen und erklärte dem Pony alles: warum sie so traurig war, dass niemand sie verstehen konnte und wie schrecklich die Welt war, seit der Tierarzt die schlimme Nachricht gebracht hatte. Es war Jo egal, ob es albern war, mit einem Pferd zu reden und es war ihr egal, ob die Stute ihre Worte begriff. Im Innersten wusste sie, dass das Pferd besser als jeder Mensch in der Lage war, ihre Gefühle zu verstehen.

Sanft wuschelte die Stute in Jos Haaren herum und pustete ihr ihren warmen Atem in den Nacken.

»Du weißt doch, dass ich dich nie im Stich lassen würde, meine Liebe, nicht wahr?«, fragte Jo flüsternd. »Wir werden immer zusammen bleiben – egal, was passiert.«

Die Stute schnaubte, als wolle sie Jos Worte bestätigen.

Glücklich lächelte das Mädchen und strich über Leas samtweiches Maul.

»Wenn wir zusammen sind, kann uns gar nichts passieren«, sagte sie entschlossen. »Wir werden allen schon zeigen, wie sehr wir uns lieb haben.«

Aber trotzdem merkte sie, dass es gut tat, sich von jemandem trösten zu lassen. Vielleicht war es doch nicht so erstrebenswert, sich in seinem Kummer zu verkriechen.

Sie dachte an Helena, Anna und ihre Eltern. Hatte sie möglicherweise nicht deutlich genug gezeigt, wie sehr sie ihre Stute liebte und warum sie trotzdem so traurig war?

Vielleicht hätte sie genauso gedacht, wie die anderen, wenn sie in ihrer Lage gewesen wäre. Jo beschloss, zu versuchen, das Ganze wieder ins Reine zu bringen. Sie konnte sich nur zu gut daran erinnern, wie schlimm es gewesen war, als sie das letzte Mal mit Anna im Streit gelegen hatte. Und ohne Helena würde ihr auch etwas fehlen, obwohl sie sich erst so kurze Zeit kannten.

Jo hatte nicht bemerkt, dass sie und Lea beobachtet worden waren. Herr und Frau May standen auf der anderen Seite des Auslaufes an der Terrassentür und betrachteten ihre Tochter mit dem Fjordpferd.

»Am Ende hätten wir nicht so mit Jo schimpfen sollen«, stellte Frau May fest. »Jo hat das Pferd viel zu lieb, um es abzuschieben, weil es nicht mehr geritten werden kann. Und die Stute konnte ihr sowieso viel besser klarmachen, dass sie leichter mit Leas Hilfe über den Kummer hinwegkommt als allein. Das Pony ist gar nicht so dumm.«

»Ja«, stimmte Herr May zu. »Lea ist selbst ihr bester Anwalt.«

Kapitel 4:

Familie Frisch

Noch am selben Abend rief Jo bei Anna an, um sich mit ihrer besten Freundin wieder zu versöhnen. Überraschenderweise war Anna sofort bereit, den Streit zu vergessen.

»Weißt du«, sagte sie, „ich war auch nicht nett zu dir. Es ist wirklich sehr traurig, dass du Lea nicht mehr reiten kannst. Ihr wart immer so ein harmonisches Paar. Ich hatte bloß Angst, du hättest Lea jetzt gar nicht mehr lieb.«

»Natürlich habe ich sie noch genauso lieb wie vorher. Es war nur ein ganz großer Schock für mich. Ich hatte so gehofft, dass das Bein wieder heilt. Ach übrigens, kannst du nun am Wochenende zu Besuch kommen, oder nicht?«

»Ja«, bestätigte Anna. »Mein Vater will mich fahren. Meinst du, ich darf vielleicht bei dir übernachten? Dann hätten wir das ganze Wochenende Zeit.«

»Das glaube ich bestimmt«, meinte Jo überzeugt. Ihre Eltern waren in solchen Dingen sehr flexibel. »Wenn ich dich nicht noch anrufe, geht die Sache klar.«

»Hey, ich will doch hoffen, dass du mich noch vor dem Wochenende anrufst und erzählst, was du so machst.«

»Aber sicher, ich weiß doch, dass du die zwei Tage sonst nicht überlebst.«

Die beiden Mädchen lachten noch, als sie sich verabschiedeten und auflegten.

Mit Anna war also alles wieder in Ordnung. Nun musste Jo nur noch den Streit mit Helena beilegen.

Helena zeigte sich deutlich weniger bereit als Anna, mit Jo wieder freundlich umzugehen. Im Bus saß bereits Katrin neben Helena, so dass Jo erst im Klassenraum mit ihr reden konnte. Dort hatte Helena schon ihre Schultasche abgestellt, als Jo hinzukam und ihre Jacke über die Stuhllehne des Nachbarstuhles hängte.

»Ich finde, du solltest dir einen anderen Platz suchen«, stellte Helena kühl fest. »Ich sitze nämlich lieber alleine als neben Leuten, die schlecht mit Pferden umgehen.«

»Aber ich gehe gar nicht schlecht mit Pferden um«, protestierte Jo. »Ich war bloß traurig, weil ich gerade erst erfahren hatte, dass ich mein Pferd nie wieder reiten kann.

Und ich wollte eben auch traurig sein dürfen. Es kann ganz schön nervtötend sein, sich dann immer irgendwelche tröstenden Sprüche anhören zu müssen.«

»Deinetwegen hätte ich also sagen sollen: Okay, toll, vergrab dich in deinem Kummer, du bist wirklich der ärmste Mensch der ganzen Welt!« Helena klang immer noch unfreundlich, aber nicht mehr ganz so abweisend.

»Ach, ich weiß auch nicht. Ich war eben einfach so enttäuscht, dass ich das Ganze übertrieben habe. Mir war, als hätte ich alles verloren. Nachdem es so schön war, ein eigenes Pferd zu besitzen.«

»Aber du hast dein Pferd ja nicht verloren«, stellte Helena fest.

»Nein, Gott sei Dank«, sagte Jo und strahlte dabei so ehrlich glücklich, dass Helena sehen konnte, wie ernst sie es meinte.

»Dann sei aber das nächste Mal nicht gleich so kratzbürstig, wenn man dir helfen will«, sagte sie.

»Ich werd mich bemühen! Entschuldige, dass ich so unfreundlich zu dir war.«

»Macht nichts, ich war ja auch nicht gerade charmant«, sagte Helena. Beide Mädchen mussten lachen.

»Hast du unter diesen Umständen Lust, heute Nachmittag mit zu mir nach Hause zu kommen, und unsere Pferde zu besuchen? Vielleicht fährt uns meine Mutter auch in den Reitstall, dann kann ich dir den auch gleich zeigen«, bot Helena daraufhin an.

»Gerne, aber ich müsste dringend zu Hause anrufen und Bescheid sagen. Außerdem muss ich meine Mutter bitten, die Pferde für mich auf die Koppel zu lassen.«

»Kein Problem!«, erwiderte Helena. »Wir fragen einfach in der Pause Mark, ob er dir sein Handy leiht.«

»Wer ist denn Mark?«, fragte Jo neugierig.

Helena lächelte verschmitzt und machte ein geheimnisvolles Gesicht.

»Das wirst du dann ja sehen.«

In der Pause zog Helena Jo am Ärmel über den Schulhof, ließ sie dann los und lief auf einen hochgewachsenen Jungen mit glattem, braunem Haar zu. Zu Jos Überraschung sprang sie dem Jungen, der wohl ein Jahr älter war als die beiden Mädchen, direkt in die Arme.

»Hallo, Mark!«, rief sie übermütig und drückte ihm einen Kuss auf die Wange. »Darf ich dir meine neue Freundin Jo vorstellen? Sie hat auch ein eigenes Pferd, du bist jetzt also absolut in der Minderheit.«

»Jo?«, fragte Mark verwirrt.

»Eigentlich heiße ich Johanna«, erklärte Jo und gab dem Jungen die Hand. »Jo ist mein Spitzname.«

»Ach so«, sagte Mark und wirkte ein wenig verlegen, so als hätte er das eigentlich ahnen können. »Und du hast es also auch mit den Pferden.«

»Ja«, bestätigte Jo mit einem Lächeln. »Ich habe es also auch mit den Pferden.«

»Du musst nämlich wissen, dass du zwar den nettesten Jungen aus der ganzen Umgebung vor dir hast, aber leider einen, der von Pferden nur etwas hält, wenn sie sich unter einer Motorhaube tummeln.«

»Nicht Pferde, sondern Pferdestärken, Helena«, berichtigte Mark grinsend und fügte zu Jo gewandt hinzu: »Außerdem finde ich Pferde schon ganz hübsch und so, aber ich hätte keine Lust, meine ganze Zeit mit ihnen zu verplempern.«

»Aber die Zeit ist doch nicht verplempert!«, entrüstete sich Jo.

»Ach, herrje, ich sehe, jetzt kenne ich also wirklich schon zwei von diesen Nervensägen«, meinte Mark, aber er lächelte dabei und legte Helena einen Arm um die Schultern.

»Mark, um mal nicht von Pferden zu sprechen...«, setzte nun Helena dazu an, Marks Handy ins Spiel zu bringen, aber ihr Freund unterbrach sie lachend: »Den Tag werde ich mir rot im Kalender anstreichen, an dem du über etwas anderes sprechen wolltest als Gäule.«

»Pferde«, verbesserte Jo nachdrücklich, »oder Ponys.«

»Okay«, gab Mark gutmütig nach, »dann eben Pferde oder Ponys.«

»Aha, anscheinend wirst du es doch noch lernen«, stellte Helena fest. »Aber ich wollte im Moment über etwas anderes reden, nämlich über dein Handy.«

»Mein Handy?« Mark war äußerst erstaunt über die Launen seiner Freundin. Vor zwei Tagen erst hatte er erfolglos versucht, mit Helena über die neuesten Mobiltelefontarife zu diskutieren.

»Genau«, bestätigte Helena nur. »Hast du es dabei?«

»Aber sicher!« Mit unverhohlenem Besitzerstolz zog er das kleine, anthrazitfarbene Gerät hervor.

»Wow!«, rief Jo pflichtschuldigst, schließlich sollte er ihr einen Gefallen tun. »Das sieht aber sehr nobel aus.«

»Das ist es auch«, sagte Mark erfreut. »Und hier, schau doch mal diese unglaublichen neuen Funktionen an.«

So kam es, dass die Mädchen die gesamte Pause damit verbrachten, sich die technischen Raffinessen von Marks Handy in leuchtenden Farben schildern zu lassen. Erst nach der letzten Stunde gelang es ihnen, Mark das Gerät für den Anruf bei Jos Eltern abzuluchsen.

Jos Mutter erteilte gerne die Erlaubnis, dass Jo mit zu Helena fahren durfte, und erbot sich, ihre Tochter am Abend dort abzuholen. Sie freute sich im Stillen, dass Jo so schnell wieder eine neue Schulfreundin gefunden hatte.

»Aber natürlich kann ich die Ponys auf die Koppel lassen. Genau gesagt war ich gerade auf dem Weg zum Auslauf, als das Telefon klingelte«, erklärte sie auf die besorgte Frage ihrer Tochter und legte lächelnd auf.

Auch Helenas Mutter hatte nichts gegen den Besuch. Sie kochte ohnehin immer mehr als nötig, da ihre beiden Söhne, Tobias und Lars, des öfteren unangemeldet Schulfreunde mit nach Hause brachten.

Also stieg Jo mit Helena zusammen an der Bushaltestelle Rosenstraße aus und die Mädchen schlenderten plaudernd den schönen Weg hinunter, der tatsächlich von wilden Rosenbüschen gesäumt war. Am Ende dieser Straße bogen sie in einen langen Feldweg ein und mussten noch mindestens eine Viertelstunde laufen, bevor sie an einem kleinen Haus mit einem noch kleineren Nebengebäude anlangten.

»Oh, das ist aber ein hübsches Haus«, sagte Jo. Bewundernd blieb sie vor dem großen schmiedeeisernen Bild einer zweispännigen Kutsche stehen.

»Den Wandschmuck hat mein Vater selbst gemacht«, erklärte Helena. »Er ist ein großer Kutschenfan.«

»Und Kunstschmied?«, fragte Jo.

»Er ist Hufschmied«, erklärte Helena.

»Das ist ja praktisch, wenn man einen Hufschmied zum Vater hat. Schließlich habt ihr ja eigene Pferde«, stellte Jo fest.

»Das stimmt, und wenn meine Mutter noch Tierärztin wäre, dann hätten wir schon mal einen großen Teil an Kosten weniger«, bestätigte Helena.

»Aber sie ist keine Tierärztin?«

»Nein«, erklärte Helena. »Sie arbeitet für eine Versicherung, aber nur zwei Tage in der Woche.«

»Meine Mutter hat ihren Beruf aufgegeben, als sie mich bekommen hat«, erklärte Jo. »Aber ich glaube, sie möchte gerne wieder anfangen.«

»Das tut ihr bestimmt gut«, meinte Helena. »Bei meiner Mutter war es genauso.«

»Wie schön, dass du so sehr darauf achtest, was mir gut tut und was nicht«, ließ sich da eine Frauenstimme vernehmen, die genauso fröhlich klang wie die von Helena. »Im Moment täte es mir übrigens ganz gut, wenn ihr sofort reinkommen würdet und mein gutes Essen vor dem Kältetod bewahren könntet.« Helenas Mutter hatte sie von der Haustür aus beobachtet. Sie hatte das gleiche, leicht pausbäckige Gesicht und blonde Locken wie ihre Tochter. Der Unterschied war nur, dass sie ihre Haare kürzer geschnitten hatte, so dass sie ihren Kopf einrahmten wie eine Strohkrone.

»Ach, nee!«, beschwerte sich Helena. »Ich wollte Jo gerade noch die Pferde zeigen.«

»Die Pferde haben ausnahmsweise mal Zeit, meine liebe Tochter«, sagte Helenas Mutter, Frau Frisch, wie Jo durch einen kurzen Blick auf das Türschild herausfand, und schob die beiden Mädchen ins Haus, nachdem sie Jo die Hand geschüttelt hatte.

Kaum sah Helena, was die Mutter auf den Tisch gebracht hatte, war sie auch schon Feuer und Flamme und schien die Pferde ganz vergessen zu haben.

»Oh, dein Nudelauflauf!«, hauchte sie begeistert. »Wie wunderbar!«

»Ach ja? Und ich dachte, du wolltest erst einmal die Pferde besuchen.«

»Wenn es Nudelauflauf gibt, ist das was anderes«, erklärte Helena bestimmt. »Das weiß Fly ganz genau. Ich glaube, er kann es riechen, wenn ich Nudelauflauf gegessen habe und dann weiß er, dass er nicht beleidigt sein darf, wenn ich erst nach dem Essen zu ihm komme.«

»Dass dein Pferd riechen kann, dass du Nudeln gegessen hast, ist wohl kaum eine Leistung, wenn man bedenkt, dass du regelmäßig mindestens die Hälfte davon auf deinem Pullover verteilst«, stellte ein blonder, sommersprossiger Junge fest, der bereits am Tisch saß, als die Mädchen hereinkamen. Er schien ein bisschen jünger zu sein als seine Schwester.

»Dieser überaus reizende junge Mann dort«, begann Helena in einer näselnden Stimme vorzustellen, als müsse sie bei einem königlichen Ball einen Baron ansagen, »ist mein verehrter Bruder Tobias. Wäre er nur halb so klug, wie er gerade vorgibt zu sein, würde er sicherlich nicht in die gleiche Klasse gehen wie mein ebenso verehrter zweiter Bruder Lars, der ein Jahr jünger ist und den du zu deiner Rechten erblickst.«

Jo wollte Tobias nicht anstarren, da dieser ob der Anspielung auf sein Sitzenbleiben im vorigen Jahr krebsrot geworden war, deshalb warf sie einen Blick auf seinen jüngeren Bruder, der sie von der anderen Seite offen anlächelte. Er sah komplett anders aus als seine Geschwister, denn er hatte dunkelbraunes, glattes Haar und ebenso dunkle Augen. Wahrscheinlich ähnelte er seinem Vater. Der war offensichtlich noch bei der Arbeit, denn er war nicht am Essenstisch anwesend. Allerdings war noch für eine weitere Person gedeckt, die sich anscheinend noch einfinden musste.

»Wo um Himmels willen bleibt denn Opa?«, schimpfte Helena. »Das Essen wird ja ganz kalt.«

Frau Frisch grinste. »Du weißt ja, das ungezogenste Kind kommt immer zuletzt.«

Daraufhin lachten die drei Geschwister. Jo wunderte das etwas. Das man seinen Großvater als ungezogenes Kind betrachten konnte, war ihr völlig neu.

Aber als Opa Frisch, oder auch der »Frische Opa«, wie Paul Frisch gerne genannt wurde, das Esszimmer betrat, war ihr sofort klar, warum.

Er schlich nämlich durch die zweite Zimmertür genau hinter Frau Frisch herein und legte verschwörerisch den Finger an die Lippen, während er sich leise Helenas Mutter näherte. Als er ihr nahe genug war, schnellten seine Arme nach vorne und er piekste ihr je einen Zeigefinger in die Taille.

Frau Frisch kreischte lauthals und sprang ein Stück in die Höhe. Glücklicherweise hatte sie auf der Kelle, die sie in der Hand trug, noch keine Nudeln, sonst wäre es wahrscheinlich zu einer kleinen Katastrophe gekommen.

»Paule!«, fuhr sie ihn an. »Wann wirst du endlich erwachsen werden?!«

Paul Frisch kicherte: »Solange du immer noch so schön kreischen kannst jedenfalls nicht, meine Liebe, das kann ich dir schon mal versprechen.«

Jo grinste. Helenas Großvater war ein riesenhafter Mann, der einen Kranz schneeweißer Haare um eine große kahle Fläche mitten auf seinem Kopf trug. Er war offensichtlich gerade von draußen hereingekommen. Sein Gesicht sah unter den weißen Haaren so leuchtend rot aus wie Kirschen auf einem Griespudding. Jede Menge Falten hatte er auch, aber Jo war überzeugt, dass es bestimmt ausschließlich Lachfalten waren. Dann versuchte sie, sich auf die dampfende Portion Nudelauflauf zu konzentrieren, die Frau Frisch ihr vor die Nase stellte und liebevoll zurecht rückte. Frau Frisch sollte schließlich nicht denken, dass sie sich auf ihre Kosten amüsierte.

Die Gefahr bestand allerdings nicht, wie Jo im weiteren Verlauf des Mittagessens feststellte, denn die Kabbeleien untereinander schienen in dieser Familie zum Umgangston zu gehören. Erst als Lars einmal so plötzlich loslachen musste, dass er kleine Bröckchen des Nudelauflaufes über das Tischtuch verteilte, schien Frau Frisch ärgerlich zu werden.

»Kann es in dieser Familie nicht ein Mal ruhig und vernünftig zugehen?«, rief sie theatralisch aus, woraufhin alle für etwa zwanzig Sekunden in Schweigen verfielen.

Als sie dann erst recht wieder in Lachen ausbrachen, hörte man Frau Frisch am lautesten heraus.

Sobald der Nudelauflauf bis auf den kleinen Rest vertilgt war, den Frau Frisch energisch für ihren Mann verteidigte, war es Zeit für Jo, endlich die vierbeinigen Mitglieder der Familie Frisch kennen zu lernen.

Die beiden Pferde standen in einem kleinen Stall, der nur für zwei Boxen Platz hatte.

»Eigentlich hätten wir lieber einen Offenstall, aber wir bekommen keine zusätzliche Baugenehmigung«, erklärte Helena mit einigem Bedauern. »Und den alten Stall dafür abreißen können wir auch nicht. Dann hätten wir keine Boxen für den Fall, dass eines der Pferde krank wird. Aber so bringen wir die Pferde eben morgens raus und holen sie abends wieder rein. Nur im Sommer stehen sie ganz auf der Koppel. Im Moment sind die beiden also nur ausnahmsweise drinnen. Papa kommt nämlich heute etwas früher nach Hause und möchte sie dann neu beschlagen.«

Jo hatte nur mit einem Ohr zugehört, denn sobald sie die hübschen Welsh Cobs gesehen hatte, wusste sie, dass es sich um die beiden Füchse handelte, die vor der Kutsche an Leas Koppel entlanggelaufen waren. Die Tiere besaßen beide die gleiche feuerrote Fellfarbe, beide trugen einen weißen Keilstern unter dem dichten Schopf und waren an den Hinterbeinen weiß gefesselt.

»Oh!«, sagte sie. »Ich glaube, die beiden habe ich schon mal gesehen. Sie gehen auch vor der Kutsche, nicht wahr?«

»Das ist ein bisschen untertrieben«, meinte Helena lachend. »Mein Vater ist mit ihnen letztes Jahr Landesmeister im Zweispännerfahren geworden.«

»Wow!«, rief Jo überrascht aus. »Leider kenne ich mich mit dem Fahren nicht aus, sonst hätte ich das sicher gewusst.«

Dann studierte sie die Stalltafeln, die an den Boxen befestigt waren. »Red Rose« stand auf dem einen und »Red Flyer« auf dem anderen.

»Die beiden sind Vollgeschwister«, erklärte Helena ihr. »Ihr Vater heißt ‚Red Rebel' und gehört einem Freund von Daddy, der ein großes Gestüt hat. Rosi und Fly, so nennen wir die beiden, hat Papa bei ihm gekauft, als sie noch sehr jung waren. Fly habe ich dann zum Geburtstag geschenkt bekommen, aber nur unter der Bedingung, dass Papa ihn für das Gespannfahren nehmen darf.«

»Waren deine Brüder denn nicht eifersüchtig, weil du ein Pferd bekommen hast und sie nicht?«, fragte Jo.

»Nein, die interessieren sich überhaupt nicht für Pferde. Papas Pferdebazillus, den er übrigens von Opa hat, ist nur auf mich übergesprungen.«

»Tja, ich bin in meiner Familie sogar die Einzige. Aber tierlieb sind wir alle und meine Eltern haben Lea sehr gerne.«

Jo streichelte dem Wallach, der sich neugierig nach ihr den Hals verrenkte, über das Nasenbein.

»Die beiden sind sich wirklich sehr ähnlich«, stellte sie fest.

»Aber nur äußerlich, das kann ich dir versichern«, sagte Helena mit Nachdruck. »Fly ist nämlich ein kleiner Temperamentsbolzen, wogegen Rosi nicht einen Schritt tut, wenn es nicht sein muss. Nur wenn sie mit ihm im Gespann läuft, dann strengt sie sich wirklich an.«

»Das kommt daher, weil sie dann für einen echten Champion arbeiten kann«, hörte man eine belustigte Männerstimme aus Richtung der Stalltür.

»Oh, Papa, du bist schon da!«, rief Helena aus und umarmte den Mann mit dem dunklen Vollbart und der grüngraukarierten Fahrermütze. Seinen scherzhaften Kommentar schien sie überhört zu haben, oder sie hörte solche Sprüche schon seit der Landesmeisterschaft ständig.

Herr Frisch befreite sich aus der Umarmung seiner Tochter.

»Übrigens wartet deine Mutter draußen auf euch. Sie will zum Einkaufen fahren und könnte euch auf dem Weg beim Reitstall absetzen. Da ich in der Zwischenzeit den beiden Hübschen hier neuen Kunststoff verpasse, gibt es hier ohnehin nichts Aufregendes zu tun.«

»Kunststoff?« Jo war verwirrt. »Aber ich dachte, Sie wollten die Pferde neu beschlagen?«

»Ja-ha«, sagte Herr Frisch fast triumphierend, weil er jemanden gefunden hatte, dem er etwas über die moderne Schmiedarbeit beibringen konnte. »Das Geheimnis ist, dass ich sie nicht mit Eisen beschlage, sondern mit einem Kunststoffbeschlag. Das schont die Gelenke, wenn die Pferde vor der Kutsche auf dem Asphalt laufen.«

»Ach so! Ich wusste gar nicht, dass es so was gibt«, sagte Jo.

»Das ist auch noch ziemlich neu. Kunststoffbeschläge waren lange Zeit nicht so ganz ausgereift. Aber, Mädchen, ich glaube, ihr solltet euch jetzt sputen, sonst fährt Muttern ohne euch los.«

»Oh je, das darf sie nicht. Ich bin schon sehr gespannt auf den Reitstall«, sagte Jo. »Tschüss, Herr Frisch. Ich hoffe, wir sehen uns bald wieder.«

»Oh, da mach ich mir keine Sorgen«, sagte Herr Frisch grinsend. »Wenn meine Tochter erst einmal jemanden in die Finger bekommen hat, mit dem sie stundenlang über Pferde reden kann, dann lässt sie ihn bestimmt nicht wieder los.«

Und an seine Tochter gewandt drohte er dem Zeigefinger eine scherzhafte Warnung.

»Ich werde auf jeden Fall ein Auge auf die Telefonrechnung haben, meine Liebe. Sonst diskutiert ihr noch jedes einzelne Pferd der Reitschule hinterher über die Leitung durch.«

»Und die Jungs, nicht zu vergessen«, gab Helena im gleichen Tonfall zurück. »Schließlich müssen wir noch einen Freund für Jo finden.«

»Na, das kann ja heiter werden. Um die Pferde mache ich mir ja keine Sorgen, die wissen sich zu helfen. Aber die armen Kerle... Eigentlich sollte ich gleich im Reitstall anrufen, um sie wenigstens zu warnen.«

»Tu das, Papa, das wäre die beste Art sicherzustellen, dass auch alle warten, bis wir eingetroffen sind.«

Kapitel 5:

Reitstall Lauenberger und das Blondinenteam

Anders als ihre Eltern, die das Shetlandpony Gauner abgeholt hatten, während ihre Tochter die Boxen für die beiden Pferde einrichtete, war Jo noch nicht im Reitstall Lauenberger gewesen.

Sie war positiv überrascht zu sehen, dass sich die Pferde in großen Gruppen auf den Weiden tummelten, die den idyllisch am Ende einer Allee gelegenen Hof umgaben. Ein brauner Wallach trabte neben dem langsam fahrenden Auto ein ganzes Stück am Zaun entlang.

»Das ist Heraldo«, erklärte Helena. »Er ist mit Abstand das gefräßigste Pferd im Stall. Ein einziges Mal hat hier eine Familie ihr Auto angehalten und den Pferden trotz der Hinweisschilder 'Füttern verboten' Äpfel und trockenes Brot gegeben. Das ist schon drei Monate her, aber Heraldo erinnert sich immer noch daran und läuft jedem Auto hinterher, das er sieht. Dabei verbraucht er allerdings mehr Kalorien, als er mit seiner Bettelei je bekommen wird.«

Jo lachte. »Aber es ist doch schön, dass die Pferde alle auf der Koppel stehen, oder etwa nicht?«

»Ja, allerdings«, bestätigte Helena. »Dadurch sind auch die Schulpferde viel ruhiger. Sie können sich auf der Koppel austoben und müssen ihren Stallfrust nicht an den armen Anfängerschülerinnen auslassen.«

»Obwohl ich eigentlich immer denke, dass bei Anfängern eher die Schulpferde die Armen sind«, warf Frau Frisch ein, während sie auf den großen Parkplatz am Hof einbog.

»Das stimmt schon irgendwie«, gab Helena zu, »aber die ersten Übungen müssen die Reiter hier erst einmal auf Holzpferden machen und bekommen dann ein paar Longenstunden, bevor sie in der Abteilung mitreiten dürfen.«

»Das finde ich sehr vernünftig«, stellte Johanna fest. »Dort, wo ich reiten gelernt habe, musste man gleich in der ersten Stunde ohne Sattel in einer Gruppe von etwa zwanzig Leuten mitreiten.«

»Wie bitte?«, empörte sich Frau Frisch. »Da klebt ja der erste Reiter schon wieder am Schweif des letzten!«

»Ja, stimmt, so in etwa war es auch.«

«Ein Wunder, dass du überhaupt reiten gelernt hast«, sagte Helena.

»Auch wenn ich es jetzt überhaupt nicht mehr gebrauchen kann«, gab Jo etwas traurig zurück.

»Kannst du nicht deine Eltern fragen, ob sie dich wenigstens einmal die Woche den Unterricht mitreiten lassen?«, fragte Helena. »Dann hättest du zumindest ab und zu ein Pferd unterm Sattel.«

»Ich weiß nicht«, sagte Jo. »Ich werd es auf jeden Fall versuchen.«

Als die Mädchen das Haupthaus des Hofes umrundet hatten und auf den Putzplatz gelangten, stand dort eine wunderschöne, recht große Haflingerstute angebunden. Ihr Fell war tiefgolden und glänzte in der Sonne, die fast reinweiße Mähne fiel lang über Hals und Schulter, eine schmale, regelmäßige Blesse zog sich auf ihrem Nasenbein entlang. Sie wandte den Mädchen den Kopf zu. Ihr Gesichtsausdruck war aufmerksam und sehr freundlich.

»Mein Gott, ist das ein süßes Pferd!«, rief Jo begeistert aus. Sie trat auf die Stute zu und streichelte ihr sanft über die Nüstern.

»Ja, das ist Annabell. Sie gehört Robert, dem Sohn des Reitstallbesitzers. Er reitet Turniere mit ihr und ist sehr erfolgreich, obwohl die meisten Leute das einem Haflinger nicht zutrauen. Aber Robert ist mit ihr schon Sieger gegen Großpferde geworden. Das Blondinenteam ist eben kaum zu schlagen.«

»Wieso Blondinenteam?«, fragte Jo.

»Weil Robert genauso blond ist wie Annabell. Deshalb nennen alle die beiden so«, erklärte Helena.

»Auch wenn das natürlich ganz falsch ist«, ließ sich eine heitere Stimme hinter ihnen vernehmen. »Ich bin schließlich ein Junge. Es könnte also höchstens das Blondenteam heißen.«

Jo drehte sich um und musste sich zusammenreißen, um nicht wie eine Idiotin mit offenstehendem Mund auf den Jungen zu starren, der ihr gegenüberstand. Mit blitzenden blauen Augen, die hellblonden Haare zu kleinen Igelstoppeln zusammengezwirbelt und dem hinreißendsten Lächeln, das Jo seit langem gesehen hatte, stand er da und sah verboten gut aus.

Helena lachte. »Darf ich vorstellen: Robert, der Star des Stalles, Schwarm aller Teenager – aber leider in festen Hufen, denn für ihn ist Annabell das einzig liebenswerte weibliche Lebewesen auf diesem Planeten. Und das hier ist Jo, meine neue Freundin. Sie ist aus Kiel aufs Dorf gezogen und möchte sich den Reitstall anschauen.«

»Sehr erfreut«, sagte Robert höflich, aber Jo wusste nicht, ob er sie auf den Arm nehmen wollte. Jedenfalls zuckte es bedenklich um seine Mundwinkel. »Hast du denn schon mal ein Pferd gesehen?«

»Na, hör mal!«, empörte sich Jo. »Schließlich ist Kiel ja nun nicht mitten im Ruhrpott und auch da finden sich bestimmt einige Pferde. Ich hab sogar ein eigenes Pferd – Pony, meine ich.«

»Na na na, du brauchst ja nicht gleich in die Luft zu gehen. Hey, wenn du ein eigenes Pony hast, kannst du es ja in vier Wochen vorführen. Da haben wir nämlich ein großes Turnier hier auf dem Hof. Vielleicht kannst du mich ja im Springen schlagen«, sagte Robert.

Johannas Miene verfinsterte sich, aber Helena sprang schnell in die Bresche, um das Gespräch zu retten. »Da bist du mal wieder mit Hingabe ins Fettnäpfchen getreten, Robert«, sagte sie. »Jos Stute hat nämlich leider eine verletzte Sehne und Jo weiß seit ein paar Tagen, dass sie Lea nie wieder reiten kann.«

»Oh, Himmel, das tut mir aber leid«, sagte Robert sehr ernst. »Kannst du sie den wenigstens behalten?«

»Ja. Sie muss nicht eingeschläfert werden, wenn du das meinst. Es geht ihr sogar sehr gut – solange sie nichts tragen muss jedenfalls.«

»Na, das ist doch wenigstens etwas. Und – Mensch, du hast es ja gut!«, rief Robert dann aus.

»Wie bitte? Wieso soll ich es plötzlich gut haben?« Jo war reichlich verwirrt.

»Mir fällt gerade was ein: Wenn du deine Lea nicht mehr reiten kannst, dann kannst du ja mit ihr beim Cup starten!« Robert jubelte, als wolle er die Geburt eines Kronprinzen verkünden. Aber natürlich verstand Johanna immer noch nicht.

»Das ist doch etwas widersinnig, meinst du nicht? Ich kann mit Lea bei gar nichts mehr starten, weil sie mich nicht mehr tragen darf.«

»Genau deshalb darfst du ja mit ihr beim Cup teilnehmen«, freute sich Helena, die sich über Jos verständnislosen Gesichtsausdruck amüsierte. »Ich hab bis jetzt gar nicht daran gedacht, aber Robert hat recht. Du hast echt Glück. Wenn du gewinnst, bekommst du einen riesigen Preis.«

Jo sah immer verwirrter aus und Robert hatte schließlich ein Einsehen und erklärte es ihr.

»Also, das kam so«, holte Robert langatmig aus. »Mein Vater hat sich immer so maßlos über die Leute geärgert, die sich nicht genug um ihre nicht mehr oder noch nicht reitbaren Pferde gekümmert haben. Daraufhin hat er sich überlegt, was man tun könnte, um diese Pferde einmal ein wenig ins Rampenlicht zu rücken. Und dann hatte er den Einfall, bei seinen Hofturnieren eine Prüfung für Pferde und Ponys auszuschreiben, die zu alt oder zu jung sind, oder aus sonstigen Gründen nicht an den anderen Prüfungen teilnehmen können. Es gibt also bei uns immer eine Prüfung, an der nur Pferde teilnehmen können, die man nicht reiten kann. Für diese Prüfung gibt es einen phantastischen Wanderpokal, den sogenannten Lauenberger-Cup.«

»Aber was für eine Prüfung kann es für solche Pferde denn geben?«, fragte Jo erstaunt.

»Es werden Mut und Gehorsam des Pferdes getestet«, erklärte Helena, »und die Harmonie zwischen Pferd und Besitzer. Es gilt, mehrere Bodenhindernisse und einige Scheutests zu bestehen. Die Richter geben Punkte nach Fehlern und danach, ob alles ohne Zögern und Ungehorsam abläuft.«

»Aber dann haben die älteren Pferde, die nicht mehr geritten werden können, doch einen großen Vorteil«, wandte Jo ein. »Sie können ja viel mehr als ein junges Pferd.«

»Sag das nicht«, widersprach Robert. »Die letzten Male hat ein junges Pferd gewonnen. Die Alten haben ja oft auch ihre Macken entwickelt. Und wenn ein Pferd zum Beispiel nicht durch Wasser oder nicht prompt auf einen Pferdeanhänger geht, dann hat es schlechte Karten.«

»Oh, dann brauch ich gar nicht teilzunehmen«, sagte Jo enttäuscht. »Es dauert immer sehr lange, bis Lea endlich auf einem Anhänger ist.«

»Du hast ja noch vier Wochen Zeit zum Üben«, sagte Robert. »Da kann man noch einiges machen.«

»Also, ich würde es an deiner Stelle mit Lea versuchen«, mischte sich Helena wieder ein. »Es gibt nämlich freie Teilnahme an einer Reitstunde die Woche zu gewinnen – und das für ein ganzes Jahr! Herr Lauenberger möchte nämlich, dass die Prüfung richtig attraktiv wird, und die Leute, die ein nicht reitbares Pferd haben, interessieren sich natürlich meistens dafür, trotzdem reiten zu können. Deshalb hat Herr Lauenberger gesagt, es würde nicht schaden, wenn sie sich neben der Pflege ihres Pferdes weiter reiterlich fortbilden. So könnte Lea dafür sorgen, dass du doch noch reiten kannst, ohne dass sie dich selbst tragen muss. Ist doch ein wunderbarer Gedanke, oder?«

»Wenn du willst, stelle ich dir eine Liste mit allen Hindernissen zusammen, die Papa schon mal auf einer Cup-Prüfung aufgestellt hat«, bot Robert nun an. »Es gibt zwar immer auch ein paar neue, aber vieles wiederholt sich natürlich. Dann kannst du gezielt mit Lea üben.«

»Das ist sehr nett von dir«, sagte Jo, »aber ich traue mich sowieso nicht. Stell dir vor, ich blamiere mich vor all den Leuten.«

»Na, wenn du so wenig Vertrauen in dein Pferd hast, wirst du schon wissen, warum. Dann lass es lieber bleiben«, gab Robert etwas spitz zurück. »Ich würde jedenfalls mit Annabell sofort mitmachen, wenn ich könnte.« Damit ließ er sie stehen und wandte sich der schönen Haflingerstute zu.

Johanna kochte innerlich.

»Du brauchst dich gar nicht so aufzublasen, du Angeber!«, fauchte sie Robert hinterher. »So toll bist du nämlich gar nicht und dein komisches Pony auch nicht. Das werde ich dir schon zeigen. Lea wird den Cup gewinnen und dann wirst du noch froh sein, dass du mit Annabell nicht daran teilnehmen durftest.«

Damit drehte sie sich um und stiefelte an den Stallungen entgegen, den Kopf stolz im Nacken. Als sie um die Ecke verschwunden war, klopfte Robert seiner Stute lächelnd den Hals.

»Weißt du, Annabell, ihr Mädchen seid doch ziemlich leicht zu durchschauen. Sagt man euch das eine, macht ihr das andere. Darauf kann man sich wenigstens verlassen.«

Kapitel 6:
Das etwas andere Turniertraining

Obwohl sich Jo ihm gegenüber nicht unbedingt freundlich benommen hatte, übergab Robert ihr am nächsten Tag auf dem Schulhof eine Liste der Hindernisse, anhand derer sie üben konnte.

»Ich wollte dich gestern nicht beleidigen«, sagte er lächelnd. »Ich habe nur etwas gegen Leute, die ständig alles nicht tun, weil sie zuviel Angst haben oder zu faul sind.«

»Für dich ist das leicht gesagt«, erwiderte Jo. »Du bist die Turnierstarts ja auch schon gewöhnt.«

»Aber ich habe auch mal damit angefangen«, gab Robert zurück. »Du kannst mir glauben, ich habe mich ganz schön blöd angestellt. Die Leute haben ziemlich viel zu lachen gehabt.«

»Oh danke, du bist wirklich ein Gentleman. Du kannst einem echt Mut machen.«

»Frauen!«, schnaubte Robert. »Da will man ihnen klarmachen, dass auch aus einem Trottel ein Turniercrack werden kann und die fassen es gleich wieder als Angriff auf.«

»Das kommt, weil ihr Männer ein Fingerspitzengefühl wie Elefanten habt«, schoss Jo zurück.

»Das findet Annabell aber nicht«, gab Robert pikiert zurück.

»Die versteht ja auch nicht, was du für einen Blödsinn daherquatschst, wenn du mit ihr herumsäuselst.«

»Woher willst du wissen, was ich so sage, wenn ich säusele?«, fragte Robert herausfordernd.

»Ich kann es mir jedenfalls in etwa vorstellen. Vom Säuseln allein ist jedenfalls noch kein Mann zum Genie geworden«, antwortete Jo und die Pausenglocke sorgte dafür, dass sie das letzte Wort behielt.

Jo nahm das Turnier jetzt sehr ernst. Am Wochenende begann für sie und ihre Stute das Training. Helena und auch Anna waren gekommen, um den beiden zu helfen.

Zu Johannas Erleichterung verstanden sich ihre alte und ihre neue Freundin auf Anhieb gut miteinander. Daran hatte sie etwas gezweifelt, weil Anna ein viel zurückhaltenderer Typ war als Helena und überschwängliche Fröhlichkeit eigentlich nicht schätzte.

Zu dritt vertieften sie sich in die Liste, die Robert Jo übergeben hatte.

»Hübsche Handschrift, für einen Jungen«, stellte Anna fest.

»Der ganze Junge ist hübsch«, meinte Jo. »Er ist der Sunnyboy des Reitstalles.«

»Und der Schule«, fügte Helena hinzu. »Er geht in die Klasse über uns. In die Parallelklasse von Mark.«

»Wer ist Mark?«, stutzte Anna.

»Mark ist mein Freund«, erklärte Helena ihr.

»Oh, reitet er auch?«

»Nein, er weiß kaum, wo bei einem Pferd vorne und hinten ist«, sagte Helena lachend. »Aber sonst ist er der netteste Kerl auf der ganzen Schule.«

»Netter als Robert?«, hakte Anna interessiert nach.

»Für mich ja. Allerdings ist er nicht ganz so schön.«

»Na ja, darauf kommt es ja auch nicht unbedingt an«, sagte Anna. »Aber dann ist Robert ja für Jo frei.«

»Oh nein, das kannst du dir aus dem Kopf schlagen!«, protestierte Jo. »Er sieht zwar blendend gut aus und ist auch ganz nett, aber auf so einen Supermann habe ich keine Lust. Die sind mir einfach zu eingebildet.«

»Och, so schlimm ist das doch nicht«, meinte Anna.

»Dann nimm du ihn doch«, schlug Jo vor.

»Nun macht mal nicht die Rechnung ohne den Wirt!«, warf Helena lächelnd ein. »Fragen müsst ihr ihn wohl noch, bevor ihr ihn endgültig vergebt.«

»Wir werden ja sehen«, stellte Anna fest.

»Junge, Junge, das wird aber nicht ganz leicht«, stöhnte Anna, als sie die Liste durchgesehen hatte. Sie wusste in etwa, was Lea konnte und was nicht gerade ihr Spezialgebiet war. Von beidem war reichlich vorhanden.

»Allerdings«, seufzte Jo, »vor allem, dass sie auf einen Pferdeanhänger gehen und eine Minute draufbleiben soll – ohne, dass der Anhänger geschlossen wird! Ich glaub nicht, dass wir das hinbekommen.«

»Ach doch«, widersprach Helena. »Fly ging bis vor kurzem auch nicht auf den Anhänger, aber jetzt macht er es wie eine Eins.«

»Wie hast du denn das hingekriegt?«, fragte Jo erstaunt.

»Wir haben einfach den Anhänger eine Weile offen auf die Koppel gestellt und vorne eine Schüssel mit seinem Lieblingsfutter eingehängt. Als er dann nach ein paar Tagen hineingegangen ist, haben wir ihn jeden Tag einmal verladen und ihn immer auf dem Anhänger gefüttert, bevor wir ihn wieder rausgebracht haben. Jetzt ist er Feuer und Flamme, weil er den Anhänger immer mit etwas Essbarem verbindet.«

»Gar keine schlechte Idee«, meinte Anna. »Jo, wir sollten deinen Vater bitten, Euren Anhänger auf die Koppel zu stellen. Und dann üben wir auf dem Reitplatz mit Lea, über eine Plastikplane zu gehen und sich in der Plane einwickeln zu lassen.«

»Das können wir nicht«, lehnte Jo ab. »Wir haben keine so große Plane. Die müssen wir erst besorgen.«

»Doch, wir haben eine Plane«, antwortete Anna, die vorsorglich schon einmal ein paar Fachzeitschriften gewälzt hatte. »Ich habe nämlich eine mitgebracht. Und einen Fliegenvorhang auch. Solche Dinge braucht man schließlich oft für Geschicklichkeitsprüfungen. Wenn wir den Vorhang irgendwie aufhängen können, bringen wir Lea gleich bei, hindurchzulaufen.«

»Prima, dass du daran gedacht hast«, sagte Jo. »Du bist einfach die Beste.«

»Sag das nicht mir, sag das den Jungs!«, gab Anna zurück. »Oder meinen Eltern, vielleicht kaufen sie mir dann ein Pony.«

Die Überraschung war groß, als sich herausstellte, dass Lea die Sache mit der Plastikplane gar nicht erst üben musste. Wie selbstverständlich stapfte sie über das weiße, knisternde Zeug und nahm die Leckerbissen entgegen, die Jo ihr beglückt zusteckte.

Auch als die Mädchen ihr die Plane vorsichtig über den Rücken legten, blieb sie gelassen stehen. Sie musste sich die Plane jedoch auch bis über den Kopf ziehen lassen, um die volle Punktzahl zu erhalten.

Jo hielt die Luft an, als die Mädchen das Plastik sanft über Leas Ohren herabsenkten. Missmutig legte die Stute die Ohren an, aber sie ließ die merkwürdige Prozedur über sich ergehen. Jo war so begeistert, dass sie der Stute um den Hals fiel.

»Das klappt ja wunderbar. Ein außergewöhnliches Pferd«, sagte in diesem Moment eine männliche Stimme vom anderen Ende des Reitplatzes. Jo sah sich um. Dort stand Opa Frisch und beobachtete sie.

»Ja, mit der Plane klappt es, aber glauben Sie nicht, dass es einfach wird, Lea auf einen Pferdeanhänger zu bekommen!«, rief sie zurück. Paul Frisch kletterte für sein Alter erstaunlich behände durch die Reitplatzeinzäunung und schlenderte zu den Mädchen und dem Pony hinüber.

»Ach was, wenn wir Fly in so eine Rappelkiste hineinbekommen haben, dann werden wir es bei Lea auch schaffen, da bin ich sicher. Von der ängstlichen Sorte ist sie ja nicht gerade.«

»Das stimmt, Opa!«, bestätigte Helena. »Und das wollen wir jetzt auch noch an einem Flattervorhang testen, das heißt, wenn uns etwas einfällt, wie wir ihn aufhängen können.«

»So einen bunten Fliegenvorhang meinst du?«, erkundigte sich Opa Frisch. »Da habe ich schon eine Idee. Ich habe nämlich eben hier im Garten Wäschestangen gesehen.«

»Oh nein, das können Sie vergessen«, protestierte Jo. »Die gehören meiner Großmutter und die würde sie niemals für unsere Spielchen herausrücken.«

»Das überlass nur mir, mein Kind«, sagte Opa Frisch und grinste breit, so dass sein Gesicht Falten warf, die fast seine funkelnden Augen überdeckten. »Das bekomme ich schon hin.«

Mit diesen Worten hatte er bereits auf dem Absatz kehrt gemacht und tauchte gleich wieder unter dem Reitplatzzaun hindurch, allerdings diesmal in Richtung auf den Garten. Jo konnte erkennen, dass ihre Großmutter dort auf einer Bank Platz genommen hatte, um eine Tasse Tee zu trinken und die Sonne zu genießen. Sie trug einen weißen Rock mit Bluse und sah darin sehr damenhaft und elegant aus.

»Wenn sich dein Opa da man nicht vertut«, sagte Jo zu Helena. »Oma kann hart sein wie Stahl.«

»Das würde ich mir gerne mit ansehen. Wollen wir nicht zu der Hecke bei den Apfelbäumen schleichen und sehen, ob wir etwas von dem Gespräch belauschen können?«, schlug Anna vor.

Ein paar Momente später lagen die Mädchen hinter der Hecke und beobachteten Opa Frischs Versuche, Jos Großmutter die Wäschestangen abzuluchsen.

Lea stand verwirrt am Zaun des Reitplatzes, wo die Mädchen sie einfach hatten stehen lassen. Sie schien sich zu wundern, was wohl in diese merkwürdigen Menschen gefahren war, dass sie so schnell davonrannten.

Aber das Gespräch der beiden älteren Herrschaften war die kleine Geheimaktion wert, denn Opa Frisch trat mit theatralischer Geste auf Oma Liesbeth zu und versuchte, ihr die Hand zu küssen.

»Was für ein wunderschöner Tag heute, Frau Leeven, und seine Schönheit wird wirklich nur noch durch die Ihre übertroffen.«

Doch Liesbeth Leeven entzog ihm die Hand.

»Lieber Herr Frisch, ich freue mich ja, Sie zu sehen, aber für derlei Albernheiten bin ich entschieden zu alt und, wenn ich mir erlauben darf, das zu sagen, Sie auch«, äußerte sie freundlich, aber bestimmt.

»Aber liebe Frau Leeven, solange man ein Kompliment verdient, muss man doch auch in der Lage sein, es anzunehmen, und aus dem Alter für Komplimente sind Sie noch lange nicht heraus, denn dafür sehen Sie noch viel zu gut aus. Jünger denn je, möchte man meinen.«

»Dann irrt ‚man' sich aber gewaltig«, gab Jos Großmutter zurück. »Ich bin keinen Tag jünger als 76 Jahre und jedes davon hat mit Sicherheit seine Spuren hinterlassen, wenn auch jedes Jahr mit meinem verstorbenen Mann ein glückliches Jahr war.«

Herr Frisch ignorierte den etwas spitzen Hinweis auf die einstmals glückliche Ehe und blieb bei seinem freundlichen Tonfall. »Dann muss jedes dieser Jahre die Zeit zurückgedreht haben, denn Sie machen diesem schönen Tag so viel Ehre wie jedes junge Mädchen.«

Oma Liesbeth entschloss sich offensichtlich, dieses Geplänkel zu beenden. Sie erkundigte sich frei heraus nach dem Grund für das Kommen von Herrn Frisch.

»Oh, aber meine liebe Frau Leeven, wenn Ihr Anblick nicht Grund genug ist, diese kleine Reise zu unternehmen, dann weiß ich nicht, was sonst ein Grund sein könnte«, fuhr Opa Frisch gnadenlos fort, Süßholz zu raspeln.

»Dann frage ich mich, warum Sie diese sogenannte Reise nicht schon viel öfter unternommen haben. Ich bin schon einige Jahre lang hier zu finden gewesen«, stellte Frau Leeven kühl fest. Aber Opa Frisch ließ sich so leicht noch nicht aus dem Rennen werfen.

»Oh, meine werte Freundin, darf ich hoffen, dass hierin eine Einladung zu erblicken ist, in der nächsten Zeit öfter hierher zu kommen?«, fragte er gewagt.

»Ich kann mich nicht erinnern, so etwas gesagt zu haben«, gab Liesbeth Leeven daraufhin unwirsch zurück. »Kann ich Ihnen nun mit irgendwas helfen oder nicht?«

Opa Frisch besann sich nun auf sein eigentliches Vorhaben. »Ja, wenn Sie mich so fragen, das könnten Sie wirklich. Ich brauche nämlich dringend ein paar Wäschestangen.«

»Wäschestangen? Ja, wozu das denn?«, fragte Frau Leeven mit misstrauisch verengten Augen. »Seit wann kümmern Sie sich um die Wäsche?«

»Ja, nun, äh. Nicht eigentlich um die Wäsche, aber es fehlen mir einfach ein paar Wäschestangen«, versuchte Opa Frisch ungeschickt zu erklären.

»Ich kann mir nicht helfen, aber ich werde den Eindruck nicht los, das könnte mit den komischen Übungen zu tun haben, die die Mädchen da mit dem Pferd machen. Haben die Sie etwa vorgeschickt, um mir die guten Stangen zu rauben?«

»Aber, aber, von rauben kann doch gar keine Rede sein«, wehrte sich Herr Frisch. »Es geht doch nur um eine kurze Leihgabe. Sie werden auch bestimmt heil bleiben.«

»Ah, wenn so etwas schon versichert werden muss, dann sind die Dinge hinterher immer kaputt. Das kommt gar nicht in Frage«, stellte Frau Leeven resolut klar.

»Aber bedenken Sie doch, Ihre Enkelin könnte ein großer Turnierstar werden und vielleicht geht alles schief, nur weil Sie die Wäschestangen nicht riskieren wollten«, warf Opa Frisch, heroisch auf verlorenem Posten kämpfend, ein.

»Und wenn es um die Olympiade ginge, wovon man ja nun wirklich nicht reden kann, meine Wäschestangen bleiben, wo sie sind«, erwiderte Liesbeth Leeven entschlossen. »Dies ist mein letztes Wort.«

Jetzt gab selbst Opa Frisch auf.

»Nun ja, da kann man wohl nichts machen. Dann will ich Sie auch nicht länger bei ihrem Tee stören.«

Als die Mädchen dies hörten, sprangen sie auf und rannten zum Reitplatz zurück.

Einige Momente später war Paul Frisch wieder bei ihnen.

»Ich habe es mir anders überlegt«, sagte er. »Ich glaube, es wäre doch besser, wenn wir den Fliegenvorhang zwischen die beiden Bäume dort drüben hängen würden, meint ihr nicht?«

Als sie den Flattervorhang schließlich zwischen den Bäumen befestigt hatten, wollten sie Lea von der Weide holen, auf die sie die Stute für eine kleine Pause entlassen hatten, um den Vorhang ungestört aufbauen zu können.

Allerdings war die Stute auf der Weide nirgends zu sehen. Gauner graste ruhig unten in der Nähe der Straße, aber seine große Freundin schien der Erdboden verschluckt zu haben.

»Oh nein, sie wird doch wohl nicht ausgebrochen sein?« Jo stellte sich vor, wie Lea die Straße entlang lief. Vielleicht würde sie vor ein Auto geraten!

»Haben wir denn vielleicht das Weidetor offen stehen lassen?«, überlegte Anna laut. »Nein«, antwortete sie sich selbst. »Ich bin sicher, ich habe es zugemacht.«

»Ist sie vielleicht auf dem Auslauf oder in der Box?«, fragte Helena.

»Ich sehe eben nach«, bot Anna an. Augenblicke später war sie wieder bei den anderen.

»Nein, sie ist nicht da. Sie muss doch irgendwie ausgebrochen sein.«

»Oder aber...« Jo war ein Gedanke gekommen. Sie wies auf den Pferdeanhänger, den ihr Vater auf die Koppel gefahren hatte und in den sie eine Schüssel Müslifutter gestellt hatte. »Glaubt ihr, sie ist vielleicht da drin?«

»Das kann ich mir eigentlich nicht vorstellen«, meinte Anna. »Nicht so schnell. Bei der Abneigung, die sie gegen den Anhänger hat!«

»Seht doch einfach nach«, schlug Opa Frisch pragmatisch vor.

Gemeinsam liefen sie auf den Anhänger zu und schlugen einen Bogen, um in sein Inneres schauen zu können.

In dem Moment erschien auf dessen Klappe Leas rundes, gelbes Hinterteil und gemächlich stieg die Stute aus dem Anhänger, das Maul voller Müslifutter und immer noch kauend.

»Da kann man mal sehen, was Gefräßigkeit alles ausmachen kann«, stellte Opa Frisch lachend fest. »Ich glaube, so manches Turnierpferd würde auch gerne auf diese Weise für einen Wettkampf trainieren.«

Kapitel 7:

Lea ist gebildeter als erwartet

So lange sie an diesem Tag auch übten, Lea weigerte sich standhaft, durch den Fliegenvorhang zu gehen. Jo verstand das überhaupt nicht. Sie fand, wer sich eine Plastikplane über den Kopf ziehen ließe, könne doch ein paar herabhängende bunte Bänder nicht so schlimm finden. Aber Lea war anderer Meinung und blieb prustend in wenigstens drei Meter Entfernung zu dem suspekten Flattergebilde stehen. Schließlich mussten sie es zunächst aufgeben, auch wenn Jo das gar nicht recht war.

»Wenn wir sie jetzt damit durchlassen, wird sie es nie wieder tun«, sagte sie unglücklich.

»Das klingt ja, als hätte sie es schon einmal getan«, gab Helena zurück. »Ich bin jedenfalls völlig fertig und ich finde es reicht für heute.«

»Das denke ich auch«, sagte Opa Frisch. »Jetzt ist sie sowieso viel zu aufgeregt, um es noch einmal zu probieren.«

Also mussten sie am nächsten Tag von vorne anfangen. Diesmal aber banden sie die einzelnen Flatterstreifen zu zwei dicken Bündeln zusammen, um Lea den offenen Weg zu zeigen. Und das wirkte Wunder. Zwischen den beiden Bündeln ging die Stute hindurch, ohne mit der Wimper zu zucken.

Dann ließen sie an der Außenseite der Bündel immer mehr einzelne Streifen heraushängen, bis nur noch ein schmaler offener Spalt in der Mitte vorhanden war.

Aber die Stute hatte verstanden, dass es sich bei der bunten Wand um etwas handelte, durch das man hindurchlaufen konnte. Die Berührung der Bänder störte sie nicht.

Erst als der Vorhang ganz geschlossen hinunterhing, zögerte sie wieder. Aber Jo redete ihr gut zu und schließlich tat die Stute etwas, worüber alle laut lachen mussten: Sie kniff die Augen zusammen und hielt die Luft an wie ein Kind, bevor es ins Wasser springt. Blitzschnell steckte sie den Kopf durch den Vorhang, machte die Augen wieder auf und blickte sich verwundert um. Dann ließ sie ihren Körper folgen.

Sie probierten es noch mehrmals. Lea folgte jetzt jedes Mal gehorsam, aber nie, ohne die Augen zu schließen und die Luft anzuhalten, während ihr Kopf durch den Vorhang tauchte.

»Na ja, das wird wohl nicht als Schönheitsfehler angesehen werden«, meinte Opa Frisch. »Ich denke, den Flattervorhang können wir abhaken.«

Am Montag hatte Jo wieder Grund zu zittern, denn der Tierarzt hatte sich angemeldet, um Leas Bein noch einmal zu kontrollieren. Sie wollte ihn fragen, ob die Teilnahme an dem Wettbewerb zuviel für die Stute sein könnte.

Dr. Willmer untersuchte das Bein gründlich, betastete und bog und ließ Jo die Stute mehrfach auf dem Hof im Trab hin und herführen.

Schließlich riss Jo der Geduldsfaden.

»Was ist denn nun? Ist es etwa schlimmer geworden?«

Dr. Willmer lächelte. »Nein, ich denke, es sieht sogar sehr gut aus. Ich glaube, wenn du Gelegenheit hast, könntest du Lea jetzt daran gewöhnen, eine leichte Kutsche im Schritt zu ziehen. Nur zu sehr belasten darfst du sie nicht.«

»Oh, das ist ja toll. Ich dachte, das würde noch einige Zeit dauern.«

»Ja, die Heilung ist sehr schnell gegangen und ich denke, da besteht keine Gefahr mehr. Nur, wie gesagt, reiten wirst du sie nicht mehr können.«

»Das ist schon klar«, sagte Jo. Dann erklärte sie dem Tierarzt den Wettbewerb, an dem sie mit der Stute teilnehmen wollte.

»Meinen sie, das wäre zuviel für sie?«

»Oh nein, das ist für die Pferdebeine nicht sehr anstrengend. Und für die Stute wäre es bestimmt gut, dann kommt sie sich nicht so unbeschäftigt vor. Deshalb finde ich ja auch, dass du sie einfahren solltest.«

»Schon«, sagte Jo, »aber ich habe leider keine Gelegenheit dazu.«

»Na ja, vielleicht ergibt sich noch etwas. Ich wünsche dir jedenfalls viel Glück«, sagte Dr. Willmer und verabschiedete sich von Johanna, um zum nächsten Krankenbesuch aufzubrechen.

Jo aber war gerade ein Gedanke gekommen. Ob sie wohl Helenas Vater um Hilfe bitten konnte, jemanden zu finden, der ihr beim Einfahren half?

Gedacht, getan. Mitte der nächsten Woche verbrachte Jo den Nachmittag wieder bei Helena und nutzte die Gelegenheit, um Herrn Frisch nach jemandem zu fragen, der Lea zum Fahrpferd umschulen konnte.

»Hab ich das richtig verstanden?«, fragte Helenas Vater grinsend. »Ich soll dir jemand anderen für den Job empfehlen? Der Landesmeister im Zweispännerfahren ist dir wohl nicht gut genug?«

»Oh, doch!«, rief Jo überrascht aus. »Ich dachte nur, Sie machen so einfache Sachen sicher gar nicht mehr.«

»Da täusch dich mal nicht!«, warnte Herr Frisch. »Das Einfahren eines Pferdes mag zwar vielleicht einfach aussehen, aber es ist eine Arbeit, bei der sehr viel Können erforderlich ist, wenn man das Pferd nicht für den Rest seines Leben verderben will. Die wenigsten Pferde vergessen es, wenn mit der Kutsche einmal richtig etwas schiefgelaufen ist.«

»Ach, ich hoffe, Lea wird sich ganz gut anstellen. Schließlich ist sie kein junges Pferd mehr und ängstlich ist sie auch nicht«, meinte Jo.

»Na, dann lass es uns einfach mal probieren. Wenn du Lea mit dem Anhänger hierher bringen könntest, wäre es möglich, dass wir gleich morgen anfangen«, schlug Herr Frisch vor.

»Oh, das ist ja prima. Danke, dass sie mir helfen wollen!« Jo war begeistert. Das war um einiges einfacher gewesen als sie erwartet hatte. Vielleicht konnte sie schon bald vom Kutschbock aus auf Leas zweifarbige Mähne hinabblicken.

Am nächsten Tag kam Helena zunächst nach der Schule mit zu Jo, um ihr beim Verladen der Fjordstute zu helfen. Jo hatte zumindest eine halbe Stunde Zeit eingerechnet, aber überraschenderweise folgte ihr Lea sofort auf den Anhänger. Schließlich hatte sie in den letzten Tagen immer wieder eine Schüssel leckeres Futter in diesem Kasten gefunden, da konnte die Sache nicht so schlimm sein.

Vor lauter Begeisterung stopfte Jo der Stute sofort wieder Leckerli und Äpfel ins Maul, so dass Leas Vermutung, der Anhänger müsse ganz allgemein eine Menge mit Fressen zu tun haben, bestätigt wurde. Die kleine Stute kaute zufrieden mit vollen Backen.

Als sie allerdings bei Familie Frisch angekommen waren, sah Lea schon nicht mehr so glücklich aus. Das Hängerfahren hatte ihr noch nie besonderen Spaß gemacht.

Frau May, die den Anhänger diesmal gefahren hatte, versprach, die Stute und Jo in drei Stunden wieder abzuholen. Daraufhin führten die Mädchen Lea in Richtung des kleinen Putzplatzes vor dem Stall.

»Hast du Lea eigentlich schon mal vom Boden aus gefahren?«, fragte Herr Frisch.

»Was soll das heißen, vom Boden aus gefahren?«, fragte Jo.

»Na ja, ob du sie einmal am langen Zügel von hinten aus gelenkt hast?«, erklärte Herr Frisch.

»Nein, auf die Idee bin ich nie gekommen.«

»Gut, dann probieren wir das als erstes.«

Sie zäumten die Stute mit ihrem gewohnten Zaum auf und Herr Frisch verpasste ihr einen Longiergurt, durch den der lange Zügel, eine Doppellonge, geführt wurde. Jo klinkte die Haken danach am Gebiss ein. Dann gingen sie zum Üben auf ein unbenutztes Stück Koppel hinter dem Haus.

»Führ du sie erst einmal zusätzlich am Kopf, damit sie merkt, was wir von ihr erwarten«, wies Herr Frisch Jo an. Er selbst ging hinter Lea her und hielt die Doppellonge und eine Longierpeitsche in der Hand. Mit der Doppellonge lenkte er die Stute, so wie er es auch später vom Kutschbock aus tun würde.

»Sehr gut, jetzt lass sie frei!«, sagte Herr Frisch, als sie dies eine Weile geübt hatten. Und dann lenkte er Lea ganz allein von hinter ihrer Kruppe aus. Er ließ sie Volten und Schlangenlinien gehen und ein kleines Stück musste sie auch traben.

»Das macht sie ungewöhnlich gut«, sagte Herr Frisch zu Jo. Auch Helena war dieser Meinung. Sie hatte schon öfter bei der Ausbildung junger Pferde zugesehen und kannte die Schwierigkeiten. Viele Pferde wurden unruhig, wenn sie das erste Mal die Leinen an ihrer Hinterhand spürten.

»Wir könnten sie jetzt zum Stall zurück bringen und schauen, ob sie sich an ein Geschirr auf ihrem Rücken gewöhnen kann«, entschied Herr Frisch.

Minuten später waren sie dabei, die für Jo sehr komplizierten Riemen und Gurte an die richtigen Stellen zu schnallen. Als sie damit fertig waren und Lea mit Kutschzaum und vollem Geschirr dastand, sah sie sehr schmuck aus und wirkte viel größer.

»Du bekommst ein sehr hübsches Kutschpony, meinst du nicht?«, sagte Helenas Vater.

»Dass Sie das auch so sehen!«, rief Jo beglückt aus. »Ich dachte immer, sie käme nur mir so schön vor.«

»Nein, ich finde du hast ein sehr attraktives kleines Pferdchen. Und einen schönen Kopf hat es auch.«

Lea spitzte die Ohren, als wolle sie kein Wort überhören.

»Ja, Mäuschen, von dir reden wir«, sagte Herr Frisch. »Nichtsdestotrotz musst du jetzt wieder arbeiten.«

Vorsichtig führten sie Lea wieder zur Übungskoppel zurück. Dort musste sie eine Weile mit dem Geschirr auf und ab laufen. Sie tat das, als sei es für sie das Selbstverständlichste der Welt.

»Es scheint so, als ob sie das alles tatsächlich viel ruhiger nimmt als ein ganz junges Pferd. Versuchen wir doch einmal, sie vor den Schlitten zu spannen«, schlug Herr Frisch nun vor.

Der Schlitten war ein flaches Gebilde, dass die Pferde über die Koppel ziehen mussten. Ohne weiteres konnte ein Pferd damit nicht durchgehen, denn dafür war der Zugschlitten zu schwer.

Lea wurde eingespannt und Herr Frisch gebot ihr, ein paar Schritte anzutreten. Sofort wurde ihr Hals rund und sie warf sich energisch ins Geschirr. Nach den ersten Schritten fiel sie in einem ruhigen, kraftvollen Trab. Herr Frisch musste sie energisch durchparieren, um sie wieder in den Schritt zu bekommen, denn schließlich sollte sie ihr Bein nicht zu sehr beanspruchen.

»Weißt du was, Jo?«, fragte Herr Frisch mit verwundertem Gesichtsausdruck.

»Nein, was denn?«

»Du kannst mir sagen, was du willst, dieses Pferd ist schon eingefahren. Bist du sicher, dass du sie als ungefahren gekauft hast?«

»Danach habe ich nicht gefragt. Ich hätte nie gedacht, dass ich das einmal brauche. Die Vorbesitzerin war auch eine Reiterin. So viel ich weiß, hat sie Lea nicht gefahren«, erklärte Jo.

»Und hat sie Lea schon als Fohlen gekauft?«, fragte Herr Frisch.

»Nein, sie hat sie fünfjährig aus Dänemark bekommen.«

»Dann ist sie bestimmt schon dort eingefahren worden. Weißt du was? Wir spannen sie gleich mal neben Rosi ein und schauen, wie sie vor der Kutsche geht. Sie ist zwar etwas kleiner als Rosi, aber für den Anfang wird es gehen.«

Jo wagte kaum ihren Augen zu trauen, als sie ihre eigene Stute angespannt neben dem Meisterschaftspferd vor der Kutsche sah. Herr Frisch wies sie an, eine Weile neben Lea herzulaufen, bis sich herausgestellt hatte, ob diese mit Rosi und der Kutsche zurechtkam. Zuvor hatten sie die beiden Stuten noch kurz auf der Koppel miteinander bekannt gemacht und die Pferde vertrugen sich auch jetzt ausgezeichnet. Das Rumpeln der Kutsche hinter ihr schien Lea nichts auszumachen. Also ließ Herr Frisch Jo zu sich und Helena auf die Kutsche klettern.

Gemeinsam fuhren sie den Rosenweg hinunter und ein Stück die große Straße auf und ab. Lea benahm sich die ganze Zeit mustergültig, auch, als sie von einem Lastwagen überholt wurden.

Bei ihrer Rückkehr wartete bereits Frau May mit dem Pferdanhänger.

»Ich hätte nicht gedacht, dass das mit dem Einfahren so schnell geht, Herr Frisch!«, rief sie den Ankommenden entgegen.

»Das tut es normalerweise auch nicht«, antwortete der Angesprochene und hielt die beiden Pferde vor der Hauseinfahrt an. »Aber die kleine Lea ist gebildeter als erwartet. Sie scheint schon eingefahren worden zu sein. Und außerdem ist sie sowieso ein ungewöhnlich liebes Pferd.«

Jo, strahlend vor Stolz, sprang von der Kutsche und nahm ihre Mutter in die Arme.

»Sieht sie nicht ganz toll aus vor der Kutsche?«

»Das tut sie«, bestätigte Frau May. »Dann bist du jetzt jedenfalls im Fahren schlechter als deine Stute. Jetzt musst du dir einen Lehrer suchen.«

»Den Lehrer hat sie schon«, sagte Herr Frisch. »Aber sie sollte zusätzlich an einem Lehrgang mit anschließender Prüfung teilnehmen. Dann kann sie jederzeit nachweisen, dass sie das Fahren gelernt hat. Das ist auch für die Versicherung wichtig. Ein solcher Lehrgang findet in den Herbstferien bei Freunden von mir statt. Dort stehen auch erstklassige Fahrpferde zur Verfügung. Vielleicht können Sie Jo einen solchen Kurs ermöglichen.«

»Tja, wir werden sehen, was sich machen lässt«, sagte Frau May. »Wir können ja vielleicht ein vorgezogenes Weihnachtsgeschenk daraus machen.«

Die folgenden Nachmittage verbrachte Jo bei Familie Frisch, wo sie viel über das Fahren lernte. Sie durfte sowohl Fly und Rosi fahren als auch Lea, zunächst mit Rosi zusammen, dann vor einem leichten Einspänner.

Leider hatte die ganze Sache einen Wermutstropfen, denn sie musste feststellen, dass sich die Fjordstute wieder zunehmend ungern verladen ließ, weil sie ja jetzt nicht nur Futter bekam, sondern auch tatsächlich auf Reisen gehen musste.

Also nahm sich Jo zusätzlich eine Menge Zeit dafür, Lea übungsweise ein- und auszuladen, was sie mit vielen Streicheleinheiten und Leckerbissen verband.

Nach einigen Tagen ging das Verladen wieder leichter, doch manchmal zeigte die Stute nach wie vor ihren ungeheuren Dickkopf, zumal sie immer zu ahnen schien, wann es eilig war und Jo eigentlich keine Zeit hatte, sich mit Problemen herumzuschlagen.

Dann seufzte Jo manchmal schwer. Lea hatte eben einen ziemlich eigenen Willen. Aber eine Kutsche ziehen, das konnte sie wirklich, und das war mehr, als Jo in so kurzer Zeit erwartet hatte.

Kapitel 8:
Der Wettkampf rückt näher

Bald musste Jo aber das Fahrtraining ruhen lassen. Das Turnier rückte in bedrohliche Nähe und wenn sie nicht als Schlusslicht abschneiden wollte, dann hatte sie mit Lea noch eine Menge Arbeit vor sich.

Immer wieder wurde die Sache mit dem Verladen zum Problem. An manchen Tagen weigerte sich Lea entweder, überhaupt auf den Anhänger zu gehen, oder aber, wenn sie kein Futter mehr erhielt, strebte sie sofort wieder herunter. Im Wettbewerb würde sie aber eine Weile auf dem Anhänger stehen bleiben müssen und dort war es nicht erlaubt, das Pferd zu füttern. Also übte Jo weiterhin eisern. Wenn aber wieder einmal alles schief ging, ärgerte sie sich, dass sie Lea für den Wettkampf genannt hatte. Warum sollte sie sich eigentlich vor so vielen Zuschauern freiwillig blamieren?

An dem Wochenende vor dem Turnier ließ Jo sich und die Stute von ihrem Vater auf den Lauenbergerschen Hof fahren. Sie rechnete sich aus, dass Lea in der Prüfung vielleicht ruhiger sein würde, wenn sie den Veranstaltungsplatz schon einmal vorher gesehen hatte. Helena und Anna kamen mit, um zu helfen, falls es Probleme geben sollte.

Aber Lea dachte nicht daran, Probleme zu machen. Seelenruhig stand sie da und knabberte das Gras von den Hängen, die den Reitplatz einsäumten. Sie schien von der neuen Umgebung völlig unbeeindruckt zu sein.

»Ein wenig aufregen wird sie sich wohl erst am nächsten Samstag, wenn sie sieht, wie viel Publikum sie hat«, meinte Anna.

»Ich glaube, das wird sie weit weniger kratzen als mich«, gab Jo zurück. »Ich fürchte, ich sterbe, bevor die Prüfung anfängt.«

»Na, nun übertreib mal nicht, es ist ja nicht die Weltmeisterschaft!«, sagte Helena.

»Darf ich dich an diese Worte erinnern, so etwa fünf Minuten bevor du auf den Platz zum E-Springen einreiten musst – oder noch besser, wenn du aus dem Wassergraben wieder auftauchst?«, fragte Jo und Helenas Grinsen wurde sofort etwas schmaler. Sie hatte Fly für das E-Springen und die Jugendreiterprüfung genannt und vor allem das Springen bereitete ihr etwas Sorgen. Da sie zu Hause keine guten Hindernisse hatten, kam sie viel zu wenig zum Üben.

»Also, Jo, manchmal bist du wirklich etwas sadistisch. Ich versuch dir Mut zu machen und du wartest gleich mit Horrorszenarien auf«, beschwerte sie sich.

»Ach was«, beschwichtigte Jo. »Ich glaub, du kriegst es prima hin. Und außerdem musst du überhaupt nicht über den Wassergraben springen. Der ist doch erst ab der Kategorie A im Parcours.«

»Stimmt, daran hatte ich gar nicht gedacht.« Helenas Miene heiterte sich wieder auf. »Übrigens, hast du deine Eltern schon gefragt, ob du am Unterricht teilnehmen darfst? Dann kannst du vielleicht nächstes Jahr auf einem Schulpferd mitreiten.«

»Auf das Turnierreiten kommt es mir gar nicht an«, antwortete Jo. »Aber überhaupt mal wieder auf dem Pferderücken zu sitzen, das wär schon was. Du hast recht, ich sollte meine Eltern wirklich endlich fragen. Ich werde das gleich nachher in Angriff nehmen.«

Als sich Jo am Abend auf dem Weg zum Wohnzimmer machte, war ihr etwas mulmig zumute und sie war froh, dass sie die Unterredung bei ihren Freundinnen angekündigt hatte, denn sonst hätte sie es wohl wieder einmal aufgeschoben. Aber nun musste es ja sein, wenn sie vor Anna und Helena nicht dumm dastehen wollte.

Wie sich herausstellte, lag sie mit ihrer unangenehmen Vorahnung durchaus nicht ganz falsch.

Als sie den Eltern ihr Anliegen dargestellt hatte, breitete sich im Zimmer zunächst ein längeres Schweigen aus.

Dann sprach Herr May: »Johanna, ich muss sagen, ich bin ein bisschen enttäuscht von dir. Ehrlich gesagt, haben deine Mutter und ich uns gerade darüber unterhalten, dass wir dir gerne den Fahrkurs bei den Freunden von Herrn Frisch ermöglichen wollen. Und das, obwohl wir im Moment wirklich nicht viel Geld übrig haben. Wie du weißt hat das neue Auto eine ganze Menge gekostet, aber ich brauche es für die langen Fahrten zur Arbeit. Und jetzt ist meine Tochter mit dem Fahren schon wieder nicht mehr zufrieden und will auf den Pferderücken.«

»Wir hatten uns gerade so gefreut, dass du die Krankheit von Lea akzeptiert hattest und wollten dir ermöglichen, auch so noch viel Freude an ihr zu haben. Und jetzt willst du sie doch abschieben, um auf Schulpferden zu reiten«, ergänzte Frau May.

Dieser Vorwurf machte Jo wütend. »Von abschieben kann nun wirklich keine Rede sein! Ich liebe Lea nämlich und ich möchte auch unbedingt fahren lernen, damit ich sie beschäftigen kann und viel Zeit mit ihr verbringe. Aber ich reite eben auch gern und möchte was dazulernen.«

»Das Leben ist aber nun einmal kein Wunschkonzert«, brachte Herr May wieder einmal einen seiner Lieblingssprüche zu Gehör. »Man kann nicht alles auf einmal haben.«

Frau May sprang ihm wieder zur Seite: »Ich kann mich noch gut erinnern, mit welchen Argumenten du immer versucht hast, uns ein eigenes Pferd schmackhaft zu machen. Dass dann keine Kosten mehr für Reitstunden und Ausritte anfallen würden, hast du immer wieder ins Feld geführt. Nun hast du ein eigenes Pferd.«

»Aber ich kann Lea nicht mehr reiten. Das ist doch nicht meine Schuld«, warf Jo ein.

»Aber dein Risiko, junge Dame«, entschied Herr May streng. »So geht es vielen Pferdebesitzern. Das kann eben passieren mit einem eigenen Pferd.«

»Wir können es uns nicht leisten, dir Reit- und Fahrunterricht zur gleichen Zeit zu bezahlen«, erklärte Frau May in etwas milderem Tonfall. »Du wirst dich schon für eins von beidem entscheiden müssen.«

Jo war so enttäuscht, dass sie nur mühsam die Tränen zurückhalten konnte. Die Sache mit dem Geld war ja noch zu verstehen, aber dass ihre Eltern so wenig Mitgefühl zeigten, setzte ihr zu.

»Dann werd ich lieber Fahren lernen«, sagte sie leise. »Lea ist mir wichtiger als das Reiten.«

Damit drehte sie sich um und wollte das Zimmer verlassen.

»Johanna!«, rief ihr Vater scharf hinter ihr her. Jo drehte sich wieder um. »Willst du dich nicht wenigstens dafür bedanken, dass wir dir den Fahrkurs schenken wollen?«

Jo bemühte sich, ein Lächeln aufzusetzen.

»Doch, das freut mich sehr. Danke, euch beiden. Das ist sehr lieb von euch«, sagte sie, weil sie wusste, dass es sonst noch mehr Ärger geben würde.

Als sie wieder oben in ihrem Zimmer war, schlug sie wütend in ihr Kissen. Warum war die Welt nur so gemein und ihre Eltern ganz besonders?

Am nächsten Nachmittag kamen Helena und Anna, um Jo bei Leas Training zu helfen. Während sie Lea beibrachten, über unterschiedlich hoch liegende Stangen zu treten, ohne dabei mit den Hufen oder Beinen anzutippen, berichtete Jo, wie das gestrige Gespräch abgelaufen war.

»Ach du Ärmste!«, meinte Anna und legte Jo tröstend den Arm um die Schultern. Helena blieb jedoch heiter.

»Dann gibt es ja wohl nur noch eine Lösung!«

»Wieso, was meinst du?«, erkundigte sich Anna.

»Na, das ist doch sonnenklar! Lea muss den Cup gewinnen, dann hat Jo ein Jahr lang Reitunterricht umsonst. Und ein paar Ausritte kann sie sicher von ihrem Taschengeld bezahlen.«

»Stimmt!«, rief Jo aus. Den Preis für den Sieg im Lauenberger-Cup hatte sie ganz vergessen. »Das wär toll, stellt euch das doch mal vor!«

»Na, dann lasst uns mal wieder ans Training gehen«, schlug Anna pragmatisch vor. »Sonst wird bestimmt nichts draus.«

Den Nachmittag verbrachten sie damit, Lea durch Führen über die Stangen beizubringen, genau aufzupassen, wie hoch sie ihre Beine nahm und wohin sie ihre Hufe setzte. Doch immer wieder fiel irgendeine Stange von ihrer Halterung auf den Boden.

Daraufhin nahmen sie vorsichtig eine lange Gerte zur Hilfe. Das jeweilige Bein, das die Stute als nächstes heben sollte, wurde mit der Gerte sanft angetickt. Das sollte Lea bewusst machen, welches ihrer vier Beine gerade besonderer Aufmerksamkeit bedurfte. Über diese Methode hatte die Leseratte Anna einen Ausschnitt in einem Buch gefunden. Aber auch dieser Ratschlag brachte keinen Erfolg. Einmal war es schwer, mit dem Anticken der Beine hinterher zu kommen und zum anderen reagierte Lea nicht besonders gut darauf.

Schließlich begann Helena aus lauter Verzweiflung, dem Pferd die Übung vorzumachen, indem sie mit übertrieben hochgehobenen Beinen durch die Stangen vorausstakste. Jo und Anna mussten lachen.

»Du siehst aus wie ein Storch im Salat!«, sagte Jo, doch Helena ließ sich nicht beirren.

»Aber dein Pferd scheint es ganz interessant zu finden«, stellte sie fest und sie hatte Recht. Mit gespitzten Ohren verfolgte Lea Helenas Verrenkungen. Und als Jo sie daraufhin wieder durch die Stangen führte, schien sie die Beine um einiges höher zu nehmen. Sie berührte keine einzige Stange.

»Das ist ja kaum zu glauben«, meinte Anna verblüfft.

»Stimmt, aber erzähl niemandem, wie wir Lea trainiert haben, sonst muss ich noch vor den Turnierpferden über die Hürden hüpfen, um ihnen zu zeigen wie man das macht«, sagte Helena.

Lachend räumten die Mädchen die Stangen beiseite und gingen an dem kleinen Bach neben der Koppel daran, Lea beizubringen, ruhig durch Wasser zu gehen. Das klappte reibungslos, solange Jo voraus ging.

»Das heißt wohl, dass du am Samstag Gummireitstiefel anziehen solltest«, riet Anna daraufhin. »Wenn ihr durch Wasser müsst, kannst du dann einfach vorweg stiefeln.«

»Dann kann ich aber nur hoffen, dass ich sonst keine sportlichen Übungen absolvieren muss. Das wäre mit Stiefeln sicher ziemlich schwierig«, gab Jo zurück.

»Na ja, Turngeräte hat Herr Lauenberger bis jetzt zwar noch nie aufgestellt, aber vielleicht müssen Pferd und Führer ja diesmal eine Übung auf dem Schwebebalken vorführen«, neckte Helena sie. »Wer dann wohl daherkommt wie ein Storch im Salat?! Und Lea wird köstlich aussehen. Mit Ballettröckchen und Balancierstange – wie eine echte Zirkuskünstlerin.«

Kapitel 9:

Das Turnier

Kein Zeugnis, keine Klassenarbeit, nichts konnte Jo nervöser machen als ein Turnierstart. Bis jetzt hatte sie zwar erst drei davon hinter sich, nämlich in Jugendreiterprüfungen ihres alten Reitclubs, aber als sich am Samstagmorgen wieder das Gefühl breit machte, einen Ameisenhaufen verschluckt zu haben, kam es ihr trotzdem sehr bekannt vor.

Lea stand auf Hochglanz poliert am Putzplatz angebunden. Jo hatte schon gestern damit begonnen, die Stehmähne millimetergenau zurechtzuschneiden und den Schweif zu waschen. Am Morgen hatten ihr alle dabei geholfen, das Fell makellos sauber zu putzen und die Hufe in den jetzigen schwarzglänzenden Zustand zu bringen. Nun deckte Herr May die Stute ein und legte ihr Transportgamaschen an, während Jo sich umzog und in der Küche mit Müh und Not eine Scheibe Brot herunterwürgte.

Das Verladen ging problemlos, was Jos Nerven ein wenig beruhigte. Doch ihr Vater machte diese Ruhe gleich wieder zunichte.

»Eigentlich muss ja die Generalprobe schief laufen, damit die Vorführung klappt. Dann wird sie wohl nachher nicht auf den Anhänger steigen«, bemerkte er.

»Macht es dir eigentlich Spaß, so etwas zu sagen?«, fuhr Jo ihn an. »Davon werde ich ganz nervös.«

»Noch nervöser? Ich glaube nicht, dass es auf der ganzen Welt noch einen zweiten Menschen gibt, der so aufgeregt ist wie du.«

Aber Herr May irrte sich, das sah er, als sie auf dem Abladeplatz Helena begegneten, die den rotglänzenden Fly hin und herführte.

»Oh, Jo, da bist du ja. Ich sag dir, ich überleb es nicht bis zur Prüfung. Sieh mal, wie meine Hände zittern!«, begrüßte sie ihre Freundin.

»Ach, und ich dachte, es wäre nicht die Weltmeisterschaft!«

»Du bist ja wohl überhaupt nicht nachtragend, was?«, fragte Helena mit einem kleinen Lächeln.

»Ach was, ich hab auch gute Lust, mein Pferd wieder einzuladen und nach Hause zu fahren«, gab Jo zurück.

»Du wirst dein Pferd zwar einladen, aber nicht, um damit nach Hause zu fahren«, ließ sich da Annas Stimme aus dem Hintergrund vernehmen. »Ich hab nämlich den Prüfungsplan für den Cup schon durchgesehen und die Anhängeraufgabe ist dabei.«

»Ach, so ein Mist. Und ich hatte mir schon Hoffnungen gemacht«, bekannte Jo.

»Na ja, ein paar Punkte wirst du schon ergattern. Es gibt auch einen Wassergraben, eine Plane und einen Fliegenvorhang – und das kann Lea bombensicher«, beruhigte Anna sie.

»Das ist wenigstens etwas«, fand Jo und entspannte sich sichtlich.

In dem Moment kam Robert heran, allerdings ohne seine Haflingerstute am Zügel. Er hatte ja das Glück, sein Pferd direkt am Hof stehen zu haben.

»Na, schmieden die drei Engel für Charlie Schlachtpläne?«, fragte er, als er bei ihnen angelangt war.

»Wieso drei Engel für Charlie?«, fragte Helena zurück.

»Na ja, eine Blondine, eine Brünette und eine Rothaarige. Obwohl du Recht hast, das mit den Engeln war übertrieben«, erklärte Robert grinsend.

Anna strich sich ihre roten Haare aus dem blassen Gesicht und fixierte Robert ernst.

»Woher willst du das wissen? Du kennst uns doch gar nicht.«

»Dich kenne ich noch nicht, meine Werteste«, spottete Robert, »aber deine Hexenschwestern schon und wenn du es mit denen aushältst, wirst du auch nicht viel braver sein.«

»Ach, sind Engel denn brav?«, fragte Anna mit gespielt naivem Augenaufschlag.

»Aber natürlich«, antwortete Robert entschlossen.

»Aber die drei Engel aus dem Film nicht«, erkannte Jo.

Daraufhin zog Robert es vor, das Thema zu wechseln.

»Und, seid ihr bereit für den großen Auftritt?«, fragte er.

»Aber natürlich«, versicherte Helena im Brustton der Überzeugung. »Wir sehen das alles ganz cool.«

»Ja, es ist fast ein bisschen langweilig«, stimmte Jo ihr zu und gähnte demonstrativ hinter vorgehaltener Hand.

Helena war die erste, für die es heute ernst wurde. Jo drückte Leas Führstrick ihrem Vater in die Hand, um mit Anna zum Dressurviereck herüberzuschlendern und Helena die Daumen bei der Reiterprüfung zu drücken.

Die Prüfung fand in drei verschiedenen Gruppen statt, deren Sieger und Zweitplazierte danach noch einmal gegeneinander antreten mussten. Anders hatte Herr Lauenberger es angesichts des großen Andranges nicht einrichten können.

Helena kam gleich mit der ersten Gruppe in die Bahn, in der sieben Reiter an den Start gingen. An der Tete ritt ein dunkelhaariger Junge auf einem schlanken, großen Fuchs. Er war einer der Privatpferdeeinsteller bei Lauenbergers. Er hatte einen sehr guten Sitz und wirkte völlig gelassen. Dann folgten zwei weitere Großpferde, die die Freundinnen nicht kannten. Sie wurden von zwei hochnäsig wirkenden Mädchen in teuren Dressurjacketts geritten. Nächste in der Reihe war Helena, die jetzt, da die Prüfung angefangen hatte, etwas weniger blass wirkte. Fly, der von den Fahrturnieren Zuschauer gewohnt war, ging ruhig und entspannt. Den Abschluss bildeten drei von Lauenbergers Reitschulponies, die von einem Jungen und zwei Mädchen vorgestellt wurden. Alle drei schienen noch nicht sehr gut zu reiten, das war auf den ersten Blick zu sehen.

Im Schritt hielten sich alle noch recht gut, als es dann aber ans Leichttraben ging, erwischten bereits zwei der Reitschüler den falschen Fuß und eines der beiden Mädchen war nicht in der Lage, sich im richtigen Takt zu bewegen. Sie waren wohl keine Konkurrenz für Helena.

Aber die drei vor ihr Reitenden saßen sicher und korrekt auf ihren Pferden. Das ärgerte Jo und Anna kolossal. Ihnen waren die beiden arrogant wirkenden Mädchen sehr unsympathisch. Allerdings konnten sie nicht laut über die beiden herziehen, denn ihre Mütter standen fast direkt neben ihnen.

»Also, Katharinas neuer Schimmel ist doch wirklich ein elegantes Pferd. Man redet ja nicht gerne über den Preis, aber ich kann nur sagen, für eine so gute Reiterin gibt man doch gerne etwas mehr Geld aus«, wandte sich die eine der beiden gerade angeberisch an die andere.

Diese spielte an ihrer Perlenkette herum und nickte.

»Ja, das stimmt, meine Liebe. Aber auch für die Ausrüstung muss man wirklich nur das Beste wählen. Schau dir doch das blonde Mädchen auf dem komischen, fetten Fuchs an. Es sollte nicht erlaubt sein, nur mit einem dunklen Pullover statt mit einem Jackett zu starten.«

Jo wurde rot vor Wut, denn schließlich redete die Frau offensichtlich über Helena.

»Deshalb reitet sie trotzdem besser«, zischte sie Anna zu.

Inzwischen mussten die Teilnehmer Einzelaufgaben reiten. Der jeweils vorderste Reiter hatte anzutraben, dann in der nächsten Ecke anzugaloppieren. Darauf ging es im Galopp einmal an der Gruppe vorbei, bis man dann am Ende der Gruppe wieder angelangt war und dort durchparierte.

Der Junge an der Tete ritt seine Aufgabe ruhig und fehlerfrei und auch das Mädchen auf dem Schimmel machte seine Sache zu Jos Ärger gut. Als sie allerdings antrabte, wollte der Braune des Mädchens dahinter seinem Vorpferd folgen und wehrte sich heftig, als seine Reiterin ihn zurückhielt.

»Das gibt Punktabzug«, stellte Anna mit einiger Befriedigung fest. Die Mutter neben ihnen sah schon nicht mehr ganz so begeistert aus.

Als Fly und Helena an der Reihe waren, wartete der Wallach trotz seines Temperaments geduldig auf das Zeichen seiner Reiterin. Helena ließ ihn ruhig antraben und galoppierte fehlerfrei an und an der Gruppe vorbei. An der langen Seite ließ sie Fly ein wenig mehr Zügel, damit er nicht doch noch ungebärdig wurde und nahm ihn dann vorsichtig zurück, um sich der Gruppe wieder anzuschließen.

»Fabelhaft«, fand Anna und Jo konnte ihr nur zustimmen.

Danach gab es für die Zuschauer etwas zu lachen, denn die drei Reitschulponies, die es gewohnt waren, hinter einander herzugehen, trabten alle zur gleichen Zeit an. Die beiden hinteren Reiter hatten es offensichtlich verschlafen, die Zügel rechtzeitig zu verkürzen. Mit tomatenroten Gesichtern wendeten sie ihre Pferde und kehrten zur Gruppe zurück.

Als die Aufgaben schließlich beendet waren, war für Anna und Jo klar, dass nur drei Reiter für die ersten beiden Plätze in Frage kamen: der Junge an der Tete, Katharina auf ihrem Schimmel und Helena.

Als die Plätze verlesen wurden, drückten sie heftig die Daumen.

»Auf dem ersten Platz in dieser Abteilung«, hub der Richter durch das Mikrophon zu sprechen an, »liegt Frank Liebendorf auf Carino.«

»Oje«, meinte Anna. »Jetzt muss Helena unbedingt auf den zweiten Platz, sonst ist sie nicht im Stechen.«

Die Mädchen drückten die Daumen, bis die Fingerkuppen weiß wurden. Schließlich sollte nicht nur die Freundin eine Chance auf den Sieg haben, sondern auch das hochnäsige Mädchen auf dem Schimmel nicht ins Finale geraten.

»Den zweiten Platz und damit ebenfalls einen Platz im Stechen belegt...«, hier unterbrach sich der Richter, um in seinen Papieren zu wühlen.

»Mach's nicht so spannend!«, entfuhr es Jo laut hörbar und einige der Umstehenden kicherten.

»Also, den zweiten Platz belegte Helena Frisch auf Red Flyer«, verkündete der Richter und Anna und Jo jubelten.

»Also, dieser Richter hat doch wirklich keine Ahnung«, protestierte Katharinas Mutter neben ihnen. »Das konnte doch ein Blinder sehen, dass das Mädchen keinen Stil hat.«

Und damit drehte sie sich um, um mit der anderen Mutter zusammen beleidigt in Richtung Abreitplatz zu verschwinden, wo sie wahrscheinlich ihren ungerecht behandelten Töchtern Trost spenden wollten.

Anna und Jo dagegen blieben, um Helenas Konkurrenz in den beiden anderen Gruppen zu begutachten. Zu ihrem Bedauern mussten sie feststellen, dass die beiden erstplatzierten Reiter und Reiterinnen jeweils sehr gute Leistungen zeigten.

Dann stand das Finale an, dessen Bewertung vor allem deshalb spannend wurde, weil sich niemand grobe Fehler leistete und es damit umso mehr auf das erfahrene Auge der Richter ankam.

Schließlich endete es damit, dass Helena Dritte wurde, noch vor der Erstplatzierten der dritten Gruppe und hinter dem Jungen mit dem Fuchs sowie einem sehr gut reitenden Mädchen auf einer Araberstute.

Helena strahlte, als sie mit Fly, der stolz die weiße Rosette trug, und einer kleinen Erinnerungsplakette in der Hand nach der Ehrenrunde auf den Abreitplatz geritten kam.

»Gratuliere!«, rief Jo. »Das habt ihr beiden wirklich toll hinbekommen.«

»Stimmt«, gab Helena zurück. »Das wird Robert erst einmal das Maul stopfen.«

»Und den angeberischen Müttern deiner Konkurrentinnen auch!«, ergänzte Anna.

»Du glaubst gar nicht, wie blöd die beiden Mädchen schon auf dem Abreitplatz waren«, erzählte Helena da. »Die eine hat ihr Pferd ständig mit der Gerte geschlagen, wenn es nicht verstanden hat, was sie wollte, und die andere hat die ganze Zeit mit ihrem Freund, der am Zaun stand, über die anderen Pferde gelästert.«

»Geschieht ihnen Recht, dass sie nichts geworden sind«, stellte Anna fest.

»Lasst uns zum Abladeplatz hinübergehen und Fly eine kleine Pause gönnen.«

Jetzt, wo das Geschehen begonnen hatte, waren die Mädchen weit weniger nervös und Anna erbot sich, für die drei die Würstchen- und die Süßigkeitenbuden zu plündern. Kurze Zeit später saßen sie zu einem ungesunden aber ungeheuer leckeren zweiten Frühstück bei ihren Pferden im Gras. Erst, als die Zeit für das E-Springen näherrückte, musste sich Helena aufraffen, um Fly vorher noch abzureiten.

Anna und Jo suchten sich wieder gute Plätze an der Umzäunung und verfolgten das Springen. Gleich die erste Reiterin schaffte einen Nullfehlerritt, so dass Helena ebenfalls fehlerfrei springen musste, wenn sie gewinnen wollte.

Helenas Startnummer war die Zehn, so dass sie noch eine Weile Gelegenheit hatte, sich vorzubereiten. Jo und Anna sahen derweil einige sehr schöne, aber auch einige missglückte Springrunden. Bis Helena an der Reihe war, gab es keinen weiteren Nullfehlerritt.

Helena sah sehr ernst aus, als sie einritt und vor dem Richterwagen grüßte. Flys Augen glänzten. Er schien unbändig und voller Eifer.

Als die Startglocke erklang, warf er sich in einem atemberaubenden Tempo gegen das erste Hindernis, nahm es aber fehlerfrei. Auch über die dann folgende, kleine Mauer kam er ohne Probleme. Dann folgte der Oxer, der so riesig wirkte, dass er Helena beim Abschreiten des Parcours Angst eingejagt hatte. Sie versuchte, Fly etwas zurückzuhalten und der Sprung gelang ebenfalls.

In der folgenden Kombination aber rächte sich Flys zu hohes Tempo und seine Unerfahrenheit im Springen. Er riss das zweite Hindernis. Davon aus dem Takt gebracht, stoppte er vor dem nächsten Steilsprung so blitzartig, dass Helena beinahe über seinen Hals geflogen wäre.

Beim zweiten Anlauf sprang der Wallach jedoch gehorsam und nahm auch den restlichen Parcours fehlerfrei.

»Sieben Fehlerpunkte!«, verkündete der Richter über das Mikrophon und das Publikum klatschte freundlich, als das Paar den Platz verließ.

»Schade«, meinte Helena, als sie zu Anna und Jo zurückkehrte. »Das wird für eine Platzierung nicht reichen. Aber was soll's, mein Süßer ist eben kein Springpferd.«

»Nein, wohl eher ein Rennpferd«, stimmte Anna zu. »Dass du keine Angst bekommst, wenn er so abgeht!«

Helena winkte ab. »Ach, das bin ich mittlerweile gewohnt. Wenn er ein Hindernis sieht, meint er immer, es käme darauf an, wie schnell er ankommt.«

»Tut es im Stechen ja auch«, bemerkte Jo.

»Ja!«, meinte Helena lachend. »Aber wenn er so weitermacht, wird er nie eins erleben!«

Kapitel 10:

Der Lauenberger-Cup

Als Jo nach dem Springen Helena geholfen hatte, Fly in seine Abschwitzdecke zu verpacken und ihm eine wohlverdiente Zwischenmahlzeit zukommen zu lassen, begann sich das unangenehme Gefühl der Nervosität wieder in ihrem Magen auszubreiten. Nur noch eine dreiviertel Stunde bis zum Lauenberger-Cup!

Zusammen mit Helena und Anna warf sie noch einmal einen Blick auf den Aufgabenzettel, auf dem der Parcours aufgezeichnet war.

»Ich darf auf keinen Fall auch noch die Reihenfolge der Aufgaben vertauschen«, sagte Jo. »Wir werden schon so genug Fehler machen.«

»Wenn du die falsche Reihenfolge nimmst, hast du gar keine Gelegenheit mehr, Fehler zu machen«, stellte Anna fest. »Dann wirst du nämlich disqualifiziert.«

»Wirklich?«, fragte Jo erschrocken. »Ich dachte, das gibt nur Punktabzug.«

»Nein, schau doch, hier unten auf dem Plan steht es«, beharrte Anna.

»Na ja, dann hab ich es wenigstens hinter mir«, meinte Jo.

»Aber dass du mir ja nicht absichtlich Mist baust«, ermahnte Helena sie. »Wir wollen dir nicht umsonst beim Trainieren geholfen haben. Eine kleine Vorstellung schuldest du uns schon!«

Als es nur noch zehn Minuten bis zur Prüfung waren, nahm Jo die kleine Falbstute mit zum Abreitplatz, von dem aus sie in die Reitbahn mit den Aufgaben gerufen werden würden.

Lea sollte sich noch ein bisschen umsehen können.

Zu Jos großer Erleichterung wirkte die Stute zwar wach und interessiert, schien sich aber von den vielen Menschen und den Würstchenbuden nicht beeindrucken zu lassen.

Mit ihr zusammen führten noch weitere sechs Mädchen Ponys und Pferde der unterschiedlichsten Art am Halfter herum. Als einziges Hilfsmittel für die Prüfung waren ein einfaches Stallhalfter und eine lange Gerte zugelassen, mit der das Pferd aber nicht geschlagen, sondern nur angetupft werden durfte.

Jo sah sich um. Zwei junge Haflinger waren mit ihren Besitzerinnen auf dem Platz, ein nervös wirkendes deutsches Reitpony, zwei Großpferde, die sehr alt und steif aussahen und bereits graue Haare auf der Stirn hatten, und ein wunderschönes Friesenpferd, das Jo schon auf dem Abladeplatz aufgefallen war und das mit seiner Besitzerin von weit angereist war. Das Tier schien auch eher zu den jüngeren zu gehören. Seine etwa siebzehnjährige Führerin bemerkte Jos Blick und kam mit dem großen Rappen zu Jo und Lea hinüber.

»Hallo!«, grüßte sie Jo. »Ich heiße Sabine und das ist mein Wallach Ouke. Bist du auch schon so fürchterlich aufgeregt?«

»Das kann man wohl sagen«, antwortete Jo. »Ich heiße Johanna und meine Stute heißt Lea.«

»Das ist aber ein hübsches Pony«, lobte Sabine. »Warum kannst du sie denn nicht reiten? Sie sieht weder zu alt noch zu jung aus.«

»Das stimmt, aber sie hat eine Verletzung gehabt und das erholt sich nicht mehr ganz wieder«, erklärte Jo.

»Das ist aber traurig«, meinte Sabine. »Ich kann Ouke noch nicht reiten, weil er noch zu jung ist. Aber im nächsten Frühjahr wird er angeritten. Darauf freue ich mich schon sehr. Ich bin heute mit ihm hier, damit er schon mal ein paar Erfahrungen sammeln kann. Ich will ihn nämlich auch auf Turnieren und Shows reiten, da kann er sich gar nicht früh genug an die vielen Leute gewöhnen. Aber Chancen haben wir wohl keine. Er geht nicht durch Wasser, weil er das von den Begrenzungsgräben in Holland kennt. Dort ist er geboren. Und die Gräben sind für ein Pferd zu tief, das lernen sie schnell.«

»Ach, wenn ihr den Rest gut hinbekommt, könnt ihr doch trotzdem platziert werden«, machte Jo ihr Mut.

»Na ja, Karin wird wohl mal wieder keinen Fehler machen, die ist die härteste Konkurrenz«, gab Sabine zurück.

»Wer ist den Karin?«, fragte Jo und sah sich auf dem Abreitplatz um.

»Sie ist nicht hier auf dem Platz, sondern steht mit Silver dort drüben«, erklärte Sabine und wies auf die Absperrung am Reitplatz. Dort stand eine dunkelhaarige junge Frau mit einem mittelgroßen, sehr muskulösen Grauschimmel.

»Sie ist Westernreiterin und ihr Quarterhorse-Wallach ist extrem gut über Bodenhindernisse trainiert«, führte Sabine weiter aus. »Sie nimmt schon zum dritten Mal teil und die letzten beiden Male hat sie gewonnen. Nächstes Jahr wird Silver aber zu alt sein.«

»Ich wünschte, er wäre schon dieses Jahr zu alt«, sagte Jo und blickte die selbstsichere junge Frau mit dem ruhigen Schimmel etwas neidisch an.

»Ja!«, meinte auch Sabine. »Das wäre gut für uns. Oh, jetzt geht's los.«

Tatsächlich hatte sich Herr Lauenberger mit einem Mikrophon auf den Hindernisplatz gestellt und erklärte den Wettkampf und warum dieser Wettkampf eingeführt worden war. In dem Moment trafen mit roten Gesichtern drei Geschwister mit drei anscheinend uralten Shetlandponies auf dem Abreitplatz ein. Offensichtlich hatten sie es mit der Zeit nicht so genau genommen. Ihre Mutter sprang hektisch herum und zupfte noch die Kleider ihrer beiden Jungen und des etwas älteren Mädchens zurecht.

»Das sind Lödinnings«, erklärte Sabine. »Die Eltern haben ein großes Ponygestüt, also jede Menge alte Ponys, mit denen die Kinder teilnehmen können.«

»Und jede Menge Ponys zum Reiten dazu«, stellte Jo fest.

»Ja«, meinte Sabine mit einem Blick auf Lea. »Die Welt ist schon ungerecht.«

Im nächsten Moment wurde auch schon das erste Teilnehmerpaar hereingerufen. Es handelte sich um das nervöse Reitpony, das den Namen Racker trug. Offensichtlich wollte es seinem Namen Ehre machen, denn es riss sich bereits am ersten Hindernis, einer weißen Plastikplane, über die das Pferd zu gehen hatte, von seiner Führerin los und fegte in rasendem Galopp auf den Ausgang zu.

»Das fängt ja gut an«, hörte Jo einen der Zuschauer stöhnen.

Jo tat die Führerin leid. Als sie noch einmal die Erlaubnis erhielt, das Pony über die Plane zu führen, damit es sich nicht angewöhnte, vor allem Neuen davonzulaufen, gelang es ihr auch beim zweiten Mal nicht und Racker trat ihr auch noch kräftig auf den Fuß.

Dann aber war einer der beiden Haflinger an der Reihe und dieses Pony machte seine Sache ausgezeichnet, jedenfalls bis es an den Fliegenvorhang geriet. Hier verweigerte es so rigoros allen Gehorsam, dass seine Besitzerin keine Chance hatte, es umzustimmen. Danach kassierte das Paar auch noch Strafpunkte an den Stangen, die überquert werden mussten, weil das Pony zwei der Stangen herunterriss.

Der zweite Haflinger machte haargenau dieselben Fehler, nur dass er andere zwei Stangen antippte und zu Boden beförderte. Das Publikum lachte. Da sahen die Pferde fast aus wie Zwillinge und hatten auch noch die selben Probleme. Man klatschte laut, als auch der zweite Haflinger die Bahn verließ.

»Das nächste Paar sind Johanna May und ihre Stute Lea!«, ertönte da Herrn Lauenbergers Stimme aus dem Mikrophon.

Jo erschrak. Irgendwie hatte sie damit gerechnet, erst am Schluss an der Reihe zu sein. Für Momente glaubte sie, vergessen zu haben, in welcher Reihenfolge die Hindernisse zu nehmen waren. Aber nein, zuerst die Plane, daran erinnerte sie sich. Entschlossen führte sie Lea auf den großen Platz.

Die Zuschauer blickten das hübsche Pony und das Mädchen mit dem braunen Pagenschnitt wohlwollend an. Die beiden waren ein schmuckes Paar.

Lea folgte Jo willig und aufmerksam und trat ohne Zögern über die Plane. Als nächstes musste das Pferd durch eine schmale Gasse von Ölfässern geführt werden und auch hier folgte Lea gehorsam, obwohl es für sie ganz schön eng wurde, weil die Tonnen auf Ponyweite auseinandergestellt waren und die Stute ihren runden Weidebauch nur knapp hindurchtragen konnte.

Danach sollte Jo einen aufgeblasenen Plastikgorilla auf Leas Rücken setzen und dort festhalten, bis sie bei einem Klappstuhl angelangt waren, wo der Gorilla wieder abgesetzt werden musste. Dies gelang Jo mit Lea schneller als den beiden anderen zuvor und das Publikum applaudierte spontan.

Es folgte ein Wassergraben, wobei Jo sich aussuchen konnte, ob sie neben dem Graben bleiben oder mit durchs Wasser gehen wollte. Sie entschied sich für letzteres, denn nur dann konnte sie sicher sein, das Lea nicht seitlich am Wasser vorbeilief. So aber folgte ihr die Stute fast begeistert ins Wasser, denn immerhin war der Tag ziemlich warm.

Mitten im Wassergraben blieb Lea allerdings plötzlich stehen. Jo blickte sich erschrocken um. Was sollte sie machen, wenn Lea nicht weitergehen wollte? Aber warum hielt die Stute denn an? Sonst ging sie immer zügig durch das Wasser!

In diesem Moment hob Lea eines ihrer Vorderbeine und begann vergnügt, damit im Wasser herumzuplanschen, wobei sie den Huf so heftig auf die Wasseroberfläche schlug, dass Jo von einem Schauer kalter Tropfen überschüttet wurde. Alle Zuschauer brachen in schallendes Gelächter aus. Jo war stocksauer. Musste das sein, dass die Stute sie so blamierte? Aber in diesem Moment hörte Lea mit der Planscherei auf und spitzte versöhnlich die Ohren. Sie sah so freundlich aus, dass Jo ihr nicht mehr böse sein konnte.

»Wenn es für heute reicht, wäre es schön, wenn wir dann weitermachen könnten«, raunte sie der Stute zu und führte Lea, die nun nicht mehr widerstrebte, aus dem Wasser heraus.

»Das war eindeutig das am wenigsten wasserscheue Pferd«, hörte sie einen Mann aus dem Publikum lachend sagen.

So hatte sie es noch gar nicht gesehen und fragte sich, ob es für die Dusche einen Punktabzug geben würde. Wie ärgerlich, dass die Punkte erst bei der Siegerehrung bekannt gegeben wurden! Nun würde sie noch lange zittern müssen.

Zunächst einmal aber musste sie sich auf das nächste Hindernis, nämlich den Fliegenvorhang, konzentrieren.

Und Lea erntete hier sofort wieder einige Lacher, indem sie in altbewährter Weise die Augen zukniff und den Atem anhielt, bevor sie den Kopf durch die Flatterbänder steckte. Aber als sie den Vorhang passiert hatten, klatschten die Leute begeistert, denn das war noch keinem Paar zuvor gelungen.

Die Zuschauer konnten ihren Applaus nicht lange unterbrechen, denn auch die hochliegenden Stangen passierte Lea als erstes Pferd fehlerlos.

Nun aber lag die schwierigste Aufgabe vor den beiden. Jetzt sollte das Pferd auf den Anhänger gehen und oben unangebunden und bei offener Hängertür eine volle Minute stehen bleiben! Jos Herz schlug bis zum Hals. Sorgfältig führte sie die Stute gerade vor den Anhänger. Dann atmete sie tief durch und marschierte entschlossen in das Gefährt. Sie hoffte inständig, dass sich Lea nicht von dem fremden Fahrzeug erschrecken ließ.

Doch sie hätte sich keine Sorgen zu machen brauchen. Wie selbstverständlich marschierte die kleine Stute mit ihr die Rampe hinauf und in den Anhänger hinein. Jo strahlte vor Glück.

Doch jetzt kam es darauf an. Lea reckte nämlich schon den Hals nach Jos Tasche, so sehr war sie schon daran gewöhnt, jetzt ein Leckerli zu bekommen. Doch heute durfte Jo sie ja nicht auf dem Anhänger füttern. Tröstend tätschelte sie der Stute den Hals. Aber dies schien Lea nicht zu befriedigen. Sie wurde unruhig und sah sich nach der Anhängeröffnung um. Wahrscheinlich würde sie gleich rückwärts aus dem Anhänger springen, bevor die Zeit abgelaufen war. Jetzt ärgerte sich Jo, dass sie die Stute nicht auch ohne Futter trainiert hatte. Beschwörend redete sie auf Lea ein und begann, sie hinter dem linken Ohr zu kraulen, was die Stute normalerweise sehr gern hatte. Heute aber ließ Lea sich davon nicht ablenken und blickte wieder über die Schulter auf den Reitplatz zurück. Verzweifelt beschloss Jo, zu einem Trick zu greifen und langte mit der Hand in ihre Hosentasche, als wolle sie ein Leckerli herausziehen. Dies lenkte die Aufmerksamkeit der Stute zurück auf sie. Jo nutzte diesen Moment, um wieder leise mit ihr zu sprechen. Und diesmal blieben ihre Ohren gespitzt. Lea lauschte Jos Stimme, bis der erlösende Ruf des Helfers mit der Stoppuhr ertönte. Sie hatten es geschafft! Erleichtert führte Jo die Stute vorsichtig wieder vom Anhänger hinunter. Nun musste sie Lea nur noch unter zwei aufgestellten Sonnenschirmen hindurch führen und die Stute rückwärts durch ein Labyrinth leiten. Als letztes sollte Lea dann noch in einem Quadrat aus Stangen stehen bleiben, bis Jo sie einmal umrundet hatte.

Lea schielte zwar etwas misstrauisch nach den knallbunten Sonnenschirmen, folgte Jo aber darunter hindurch, ohne zu scheuen. Mit dem Labyrinth ließ Jo sich Zeit, um sicher zu gehen, dass Lea nicht mit einem Huf über eine der Stangen trat, die den Weg markierten. Die Stute folgte ruhig Jos Anweisungen und blieb sicher innerhalb der Begrenzungen.

Jetzt musste Lea nur noch kurz unangebunden stehen bleiben, dann wären sie beide erlöst.

Jo parkte sie vorschriftsmäßig in dem Stangenviereck und ging dann, weder eilig noch langsam, einmal um das Pferd herum. Die Stute verdrehte aufmerksam die Ohren nach ihrer Herrin, rührte sich aber nicht von der Stelle. Das hatte sie oft genug mit Jo geübt.

Aufatmend nahm Jo den Führstrick wieder auf und verließ unter tosendem Beifall mit ihrer Stute das Viereck. Sie hatten es geschafft und das fast ohne Fehler! Nur dass Lea im Wasser stehen geblieben war, das würde sie wohl einige Punkte kosten, aber wie viele, das vermochte Jo nicht abzuschätzen.

»Herzlichen Glückwunsch!«, brüllte ihr da schon Helena entgegen und sie musste sich erst einmal von ihren Freundinnen umarmen lassen.

»Das war ganz große Klasse!«, rief Anna und auf ihren sonst so blassen Wangen glühten rote Flecke vor Aufregung.

»Ja, Lea war phantastisch«, bestätigte Jo und ließ sich von Anna einen Apfel für die Stute geben, den Lea freudig entgegennahm.

Jo schwebte schon wie auf Wolken, während sie sich mit Anna und Helena den weiteren Wettbewerb ansah, Lea hinter sich dösend am Führstrick. Sie hatten sich nicht blamiert und vielleicht hatten sie sogar gute Chancen auf eine Platzierung. Glücklich blickte Jo im Publikum in der Runde und stellte plötzlich fest, dass Robert auf der anderen Seite des Turnierplatzes in der ersten Reihe stand und zu ihr hinüber schaute. Als er erkannt hatte, dass sie ihn sah, winkte er kurz und reckte den Daumen nach oben. Jo lächelte stolz. Immerhin hatte sie Robert bewiesen, dass sie und Lea sich auf einem Turnier gut schlagen konnten!

Nach Lea waren nacheinander die beiden alten Großpferde an der Reihe, bei denen es sich um ehemalige Schulpferde handelte, wie Helena Jo erklärte. Sie absolvierten die Aufgaben mit stoischer Ruhe, waren aber zu steif, um die Stangen ohne Antippen zu überqueren. Eines der beiden Pferde weigerte sich zusätzlich, auf den Anhänger zu gehen und das andere wollte den Plastikgorilla nicht auf dem Rücken haben.

Danach sorgte das eine der Shetlandponys für erneuten Lacherfolg, indem es sich zwischen zwei Aufgaben unverhofft hinlegte und genüsslich in dem trockenen Sand rollte. Es schien nicht mehr viel Lust auf Arbeit zu haben und verweigerte sowohl den Wassergraben, als auch den Fliegenvorhang.

Dann musste Sabine mit ihrem Friesen starten und Jo drückte ihr die Daumen. Und tatsächlich schafften die beiden es, bis auf den Wassergraben alles fehlerlos zu bewältigen. Nur in das Wasser setzte der schöne Wallach keinen Huf, genau wie seine Besitzerin vorausgesagt hatte.

Ihr folgten die anderen beiden Shetlandponies, die nahezu an jedem Hindernis irgendeinen Blödsinn anstellten. Bevor schließlich Karin mit ihrem Silver starten konnte, mussten der Wassergraben zurechtgezogen, der Fliegenvorhang neu aufgehängt und die Stangen des Labyrinthes frisch geordnet werden.

»Das so kleine Ponys soviel Unordnung machen können!«, wunderte sich Helena laut.

»Tja, das kenn ich schon von Gauner«, gab Jo zurück. »Die Kleinen sind anscheinend die Größten, wenn es darum geht, Unsinn zu machen.«

Als dann Karin mit Silver die Bahn betrat, hielt Jo die Luft an. Wenn Karin keinen groben Fehler machte, würde sie gewinnen. Das war Jo klar. Passierte allerdings auch ihr ein Patzer, dann mussten die Richter zwischen ihr, Sabine und Jo entscheiden. Dann kam es darauf an, wer mehr Punkte abgezogen bekam. Jo ahnte, dass sie wohl besser dastand als Sabine mit ihrem Ouke, der war schließlich überhaupt nicht ins Wasser gegangen, während Lea nur kurz stehen geblieben war. Aber was war mit Karin und Silver? Jo erkannte, dass es tatsächlich um den ersten Preis gehen konnte und quetschte vor Aufregung Leas Führstrick zusammen.

Sie wollte Karin wirklich nichts Böses wünschen, aber es wäre wunderbar, wenn sie selbst den ersten Preis gewinnen würde. Karin würde ihr Pferd bald reiten können, doch für Jo war es die einzige Chance, wieder regelmäßig in den Sattel zu kommen.

Schnell wurde deutlich, dass Karin mit ihrem ruhigen Wallach ihnen das Siegen nicht leicht machen würde. Gelassen und vorbildlich absolvierten die beiden alle Hindernisse, auch den Wassergraben, ohne Probleme. Als der Wallach auch den Anhänger ohne Zögern betrat und entspannt eine Minute lang oben stehen blieb, konnte sich Jo ein Seufzen nicht verkneifen. Bewundernd, aber nicht gerade glücklich sah sie zu, wie Karin ihr Pferd unter den Sonnenschirmen hindurchgeleitete und zum Labyrinth hinüberging. Sie führte den Wallach schnell rückwärts hinein und ließ ihn flott um die Wendungen treten. Anscheinend wollte sie für das Labyrinth mehr Punkte erhalten als Jo und versuchte deshalb, es in einem schnelleren Tempo zu durchlaufen als die Konkurrentin. Aber Jo wusste, dass dies gefährlich sein konnte.

Und tatsächlich ließ sich der Wallach von Sabines hektischen Bewegungen aus der Ruhe bringen und trat an der letzten Wendung mit beiden Hinterhufen über die Absperrung. Schnell korrigierte Karin dies, aber die Richter hatten es bestimmt nicht übersehen.

Nun kam es darauf an. Jo zitterte vor Aufregung, als schließlich alle Teilnehmer ihre Pferde wieder in die Bahn führen mussten. Alle, auch die nicht Platzierten, bekamen eine Rosette ans Halfter gesteckt. Mit diesem Trostpreis, einer braunen Schleife, mussten sich die Besitzerin des Reitponies, alle drei Kinder mit den Shetlandponies sowie das Mädchen, welches das eine der beiden alten Großpferde geführt hatte, zufrieden geben. Das andere Pferd hatte eine Stange weniger hinuntergeworfen und landete noch auf dem fünften Platz. Es wurde mit einer roten Rosette geschmückt.

Den vierten Platz teilten sich die beiden Haflinger mit gleicher Punktzahl. Robert musste losrennen und eine zweite blaue Rosette aus dem Haus holen, damit die Siegerehrung weitergehen konnte.

Auf dem dritten Platz landete Sabine mit ihrem Friesen, die überglücklich die weiße Rosette an Oukes Halfter betrachtete. Dem Rappen stand sie auch wirklich besonders gut.

Als Herr Lauenberger anhob, den zweiten Platz anzusagen, quetschte Jo ihre Daumen, allerdings unauffällig in der Tasche. Eigentlich, dachte sie, wäre es unfair, wenn ich nicht gewinnen würde, nur weil mein Pferd an einem heißen Tag gerne richtig baden wollte. Schließlich ist Lea dann auch sofort wieder mitgegangen. Ein schlimmer Fehler war das nicht, oder? Dann musste sie beinahe lachen. Eben noch hatte sie nur gehofft, sich nicht unsterblich zu blamieren und jetzt wollte sie schon unbedingt gewinnen!

Fast hätte sie verpasst, was Herr Lauenberger sagte, sie nahm nur gerade noch Karins Namen wahr und sah, wie diese den jungen Schimmel nach vorne führte, um die silberne Schleife abzuholen. Wie zuvor schon Sabine, erhielt sie zusätzlich einen silbernen Schmuckteller und einen Gutschein eines Sattlereigeschäftes als Preis.

Jetzt ging Jo auf, was es bedeutete, was sie da sah: Sie musste tatsächlich gewonnen haben! Ein heißes Gefühl der Freude erfasste sie und sie klopfte Lea überschwänglich den Hals. Verwundert klappte die Stute ihr Ohr zu ihrer Besitzerin zurück, denn Lea konnte ja nicht wissen, was das Ganze zu bedeuten hatte.

Erst als dann Jos und Leas Namen als Siegerinnen aufgerufen wurden und Herr Lauenberger Lea die goldene Schleife ans Halfter steckte, bildete sich Jo ein, dass die Stute sehr stolz aussah. Fröhlich schüttelte sie Herrn Lauenbergers Hand und nahm den Wanderpokal entgegen, der nicht nur sehr schön in Silber und Blau gearbeitet, sondern auch so schwer war, dass Jo richtig Kraft brauchte, um ihn für das Publikum hochzuhalten. Und dann kam das Beste: Herr Lauenberger überreichte Jo den Gutschein für ein Jahr kostenlosen Reitunterricht. Jo wusste gar nicht, mit welcher Hand sie die Urkunde noch annehmen sollte, also klemmte sie das Papier einfach unter den Arm.

Dann mussten sie mit den Pferden zur Musik eine Ehrenrunde gehen und das Publikum applaudierte mindestens so begeistert wie bei den schweren Springprüfungen. Jo war so glücklich, dass sie sich beinahe wünschte, die Zeit möge stehen bleiben. Sie genoss jeden Schritt um den großen Reitplatz herum und blickte liebevoll auf den aufmerksamen Ponykopf mit der goldenen Schleife neben ihr. Wie hatte sie sich gewünscht, einmal auf Leas Rücken im Galopp die Ehrenrunde zu reiten. Damals hatte sie nicht ahnen können, dass sie die Ehrenrunde statt dessen zu Fuß machen würde, aber genauso schön hatte sie sich diesen Moment vorgestellt. Sie verbannte die leichte Wehmut, die sich bei dem Gedanken an die alten Träume einstellte, und versuchte sich an dem Moment zu freuen, wie er war.

Denn dass Lea und sie ein echtes Team waren, dass hatten sie auch so bewiesen.

Kapitel 11:

Auf dem Rücken der Pferde

Jo fühlte sich für den Rest des Turniers wie in Watte gepackt und nahm kaum noch wahr, dass Robert sowohl das Ponyspringen in der schwierigeren Klasse als auch die A-Dressur gewann. Sie vergaß sogar, ihm zu gratulieren, als er sie auf dem Verladeplatz traf, während sie Lea wieder für die Fahrt herrichtete.

»Das ihr Mädchen über einen Sieg gleich die ganze Welt vergessen müsst«, neckte Robert sie. »Ich jedenfalls bekomme nicht gleich den Gesichtsausdruck einer Schneegans, nur weil ich eine goldene Rosette nach Hause trage. Und die Höflichkeit vergesse ich schon gar nicht deswegen.«

»Das kommt allein daher, dass du sie schon bei deiner Geburt vergessen hast«, verteidigte Helena ihre Freundin.

»He he! Du brauchst nicht gleich aggressiv zu werden«, versuchte Robert sie zu besänftigen. »War doch gar nicht böse gemeint. Die beiden haben sich schließlich ganz gut gehalten.«

»Ganz gut gehalten!«, schnaubte jetzt Anna. »Gewonnen haben sie! Und den größten Pokal des Tages noch dazu!«

Robert lachte. »Tja und ich fürchte, das bedeutet auch noch, dass ich sie jetzt jede Woche einmal sehen muss.«

»Wenn dich das wirklich so stört, werde ich bestimmt gleich zweimal kommen – und wenn mein ganzes Taschengeld dabei draufgeht!«, ereiferte sich nun Jo.

»Das kannst du dir sparen«, gab Robert zurück. »So sehr stört es mich nun auch wieder nicht.« Dann lächelte er und ließ die drei Mädchen stehen.

Jos Eltern freuten sich mit ihrer Tochter, als sie ihnen den Pokal und ihre Preise zeigte. Aber Herr May konnte sich ein Schmunzeln nicht verkneifen: »Da hast du wohl wieder einmal erreicht, was du wolltest. Jetzt gehst du zum Reitunterricht und lernst trotzdem das Fahren. Ist ja wohl nicht das erste Mal, dass meine Tochter ihren Dickkopf durchsetzt.«

Jo grinste. Das bedeutete wohl, dass die Eltern ihr erlaubten, ihren Gutschein auch einzulösen. Sie hatte schon befürchtet, dass die beiden darauf bestehen würden, dass sie auf das Reiten verzichtete. Nun aber konnte sie tatsächlich beides haben. Für einen Moment kam sie sich vor wie das glücklichste Mädchen auf der Welt.

Am nächsten Donnerstag war die Aufregung des Turniers schon fast wieder vergessen. Aber der Gutschein, der viele Stunden auf dem Pferderücken versprach, der lag weiterhin auf Jos Schreibtisch. Und an diesem Nachmittag sollte die Fortgeschrittenenstunde stattfinden, für die Jo sich angemeldet hatte. Für den Donnerstag hatte sie sich entschieden, weil auch Helena in dieser Abteilung ritt.

Am frühen Nachmittag trafen sie sich im Stall. Helena hatte Fly für die Unterrichtsstunde nicht mitgebracht.

»Man muss ja hin und wieder Unterricht auf fremden Pferden nehmen", meinte sie dazu. „Schließlich soll man lernen, auf allen Pferden zu reiten und nicht nur auf einem.«

»Tja, dazu habe ich jetzt zwangsweise viel Gelegenheit«, meinte Jo etwas bitter.

»Du wirst das doch nicht gleich wieder so negativ sehen!«, beschwerte sich Helena. »Sag lieber: Glücklicherweise habe ich die Gelegenheit. Wenn Lea letzten Samstag nicht gewonnen hätte, säßest du jetzt noch auf dem Trockenen und nicht gleich auf einem Pferd.«

Etwas verblüfft über diese Zurechtweisung blickte Jo ihre Freundin an. Dann aber musste sie lachen.

»Ja, eigentlich hast du recht. Es ist wirklich Blödsinn, in Selbstmitleid zu zerfließen, wenn man eigentlich gerade so viel Glück gehabt hat«, gab sie zu.

Dann kam Herr Lauenberger, um die Pferde einzuteilen und brachte damit die Mädchen auf andere Gedanken.

Jo erhielt das Halfter eines Wallachs namens Mr. Ed und amüsierte sich etwas darüber.

»Da hast du schon wieder Glück gehabt«, meinte Helena. »Lass dich von dem Namen nicht abschrecken. Mr. Ed kann zwar nicht sprechen, aber sonst kann er alles und Herr Lauenberger gibt ihn nicht oft für den Unterricht raus.«

Als Jo eine dreiviertel Stunde später auf dem Rücken des großen Palominos saß, stellte sie fest, dass Helena recht gehabt hatte. Der Wallach hatte einen traumhaft weichen Trab und war sehr leicht an den Zügel zu reiten. Und als sie dann bei den Galoppübungen angekommen waren, musste sie sich zusammenreißen, um nicht ständig vor sich hin zu grinsen. Wie hatte sie diesen weichen und genussvollen Schwung auf dem Rücken eines Pferdes vermisst! Wieder einmal fragte sie sich, wie es kam, dass es so viele Menschen gab, die niemals ritten. Wie konnte man nur freiwillig auf diese Freude verzichten!

Der Wallach nahm die lange Seite des Platzes in kraftvollen Sprüngen und Jo atmete tief durch. Für sie gab es nichts, was so erholsam war, wie eine Stunde auf dem Rücken eines Pferdes. Der alte Spruch über das Glück auf Erden würde für sie immer Gültigkeit behalten.

Sie wusste, dass sie, wenn es nur irgend möglich war, ihr Leben lang Pferde um sich haben wollte. Auch wenn man vielleicht mit einen Tier mal Pech haben konnte, sie liebte es trotzdem, sie liebte die Pferde an sich.

»Gibt es etwas Schöneres?«, fragte Jo Helena, als sie ihre Pferde nach der Stunde beim Trockenreiten nebeneinander lenkten.

»Ganz bestimmt nicht«, antwortete Helena entschlossen und klopfte der braunen Stute Belle den Hals. »Ich glaube noch nicht einmal, dass es viele Dinge gibt, die genauso schön sind.«

»Das lass mal nicht Mark hören!«, neckte Jo sie. Helena lachte.

»Ich hab ja nur gesagt, nicht viele Dinge. Aber wer in Konkurrenz zu den Pferden treten will, der muss sich schon anstrengen.«

»Ganz mein Reden«, sagte da Robert von der Tribüne aus. »Aber ob ihr das auch noch findet, wenn ihr selbst im Wettbewerb mit einem Vierbeiner steht, weiß ich natürlich nicht.«

»Du wirst dich noch wundern«, antwortete Jo. »Eines Tages wird ein Mädchen sogar zu Annabell eine ernstzunehmende Konkurrenz darstellen.«

»Na, ich hoffe doch. Wenn es diese Traumfrau gibt, dann bekomme ich auch beide unter eine Decke«, sagte Robert.

»Soll das heißen, du nimmst Annabell mit ins Bett? Oder soll deine Traumfrau mit unter eine Pferdedecke schlüpfen?«, fragte Helena spitz.

»Erst einmal reicht es, wenn ich sie beide unter der Decke unseres Stallgebäudes vereint habe«, gab Robert zurück. »Und bis ich soweit bin, gehe ich jetzt mal mein Pferd putzen. Gehabt euch wohl, edle Burgfräulein!«

»Ha, den Tag werde ich mir rot im Kalender anstreichen!«, rief Helena ihm hinterher, aber Robert war schon im Stall verschwunden.

Kapitel 12:

Der Sommersturm

Die nächsten Wochen flogen für Jo nur so dahin. In der neuen Schule hatte sie glücklicherweise keine Probleme und hielt mühelos mit ordentlichen Noten den Anschluss. Das Schlimmste an der Schule war, dass man in der selben Zeit nicht bei den Pferden sein konnte. Aber so oft Jo es mit den Hausaufgaben vereinen konnte, fuhr sie, mal mit und mal ohne Lea, zu Herrn Frisch, um soviel wie möglich über das Fahren zu lernen, bevor sie im Herbst den Lehrgang antreten sollte. Zudem fieberte sie in jeder Woche den Donnerstag herbei und machte im Unterricht große Fortschritte. Ihr gesamtes Taschengeld gab sie für Ausritte aus, die die Reitschule an den Wochenenden veranstaltete. So kam sie viel zum Reiten und lernte die schöne Landschaft doch noch vom Pferderücken aus kennen. Hiervon profitierte auch Lea, denn Jo war jetzt immer fröhlich und dachte, wenn sie mit der kleinen Stute zusammen war, nicht mehr daran, wie viel Pech sie mit dem Unfall gehabt hatte. Im Gegenteil, sie verbrachte viel Zeit mit der Fjordstute, putzend, spazieren gehend und Kutsche fahrend und die beiden wuchsen immer enger zusammen. Wann immer Jo in Leas Sichtfeld gelangte, wieherte die Stute lauthals, bis Jo bei ihr angelangt war und Lea mit ihr schmusen konnte.

Ab und zu kam Dr. Willmer vorbei und kontrollierte, ob sich Leas Lahmheit nicht doch über die Arbeit an der Kutsche verschlimmerte, aber es schien eher so zu sein, dass die leichte Bewegung ihr tatsächlich gut tat.

Zusätzlich hatte Herr Frisch Jo erlaubt, hin und wieder Rosi für einen Ausritt auszuleihen, so dass sie Helena begleiten konnte, wenn die beiden einen Nachmittag frei hatten. Es war also eine wunderschöne Zeit, besonders dann, wenn auch Anna auf einen der Reitschulausritte mitkam und die drei Freundinnen den Tag zusammen genießen konnten. Manchmal schloss sich dann auch Robert der Gruppe an. Anscheinend hatte er doch nicht so viel gegen die Gesellschaft der drei Hexen oder drei Engel, wie er sie abwechselnd nannte. Selbst das Wetter war meistens warm und sonnig, dass es zur guten Laune der Freunde hervorragend passte.

Aber an dem ersten Sonntag in den Sommerferien war es ganz plötzlich mit dem guten Wetter vorbei. Schon am frühen Nachmittag verfärbte sich der Himmel schwefelgelb und dann violett. Schwer und dunkel hingen die Wolken über den grünen Sommerwiesen und ließen alles in unwirklichen Farben aufleuchten, wenn einmal ein Sonnenstrahl durch die dichte Wolkendecke brach.

Gegen vier Uhr begann dann der Wind aufzufrischen und ging bald in einen Sturm über. Zu diesem Zeitpunkt hatte Jo Lea und Gauner bereits sicher in die Boxen gestellt und betrachtete mit Oma Liesbeth zusammen von der Küche aus sorgenvoll den Himmel.

»Kind, ich sage dir, das gibt einen der schlimmsten Sommerstürme, die wir in den letzten zehn Jahren gehabt haben«, prophezeite Oma Liesbeth und stellte eine Tasse Kakao mit Sahne und Vanillezucker vor ihre Enkelin auf die Fensterbank.

»Danke!«, sagte Jo. »Aber eigentlich müssen wir uns och keine Sorgen machen. Es kann doch nicht viel passieren, oder?«

»Na ja, wie man es nimmt. Hier bei uns wird es wohl keine Katastrophen geben, unser Haus hat einen guten Blitzableiter und alles, was der Sturm fortwehen könnte, haben wir ja schon in den Schuppen gebracht. Die Dächer sind repariert und die morschen Bäume schon lange gefällt, aber für die Ernten der Bauern wird es gar nicht gut sein. Und schlimm wird's, wenn trotzdem irgendwo der Blitz einschlägt oder Bäume auf die Stromleitungen fallen«, gab Oma Liesbeth zu bedenken.

»Wie dumm, dass wir ausgerechnet heute allein sein müssen. Wenn etwas passiert, ist keiner da, um uns zu helfen«, ärgerte sich Jo. Die Eltern waren mit Jos jüngeren Geschwistern bei Jos Onkel und Tante in Marburg.

»Meine liebe Johanna, immerhin sind doch zwei starke Frauen im Haus und ich habe die Feststellung gemacht, dass das für die meisten Krisen eine wunderbare Besetzung ist. Wir werden das schon hinbekommen«, sagte Oma Liesbeth in resolutem Tonfall. Dann öffnete sie den Ofen und zog die frischgebackenen Zimtwecken heraus, die sie gemacht hatte, um das schlechte Wetter ein bisschen zu versüßen. Sie schmeckten so herrlich, dass

Jo für eine Weile ihre Sorgen vergaß. Sie mussten bereits bei elektrischem Licht am Tisch sitzen, die dunklen Wolken hatten die Sonne gänzlich ausgesperrt. Aber eigentlich war das auch sehr gemütlich.

Plötzlich begann der Regen vom Himmel zu prasseln, als wäre dort oben in den Wolken ein ganzes Meer verborgen, das sich nun auf die Erde stürzen wollte. Und der Sturm wurde immer heftiger. Als es endlich auch noch zu blitzen und zu donnern begann, schlüpfte Jo hinaus und rannte in den Stall, um nach den Pferden zu sehen. Die beiden Ponys schienen sich aber gar nicht an dem Sturm zu stören und kauten nur zufrieden ihr Heu.

Als Jo wieder hereinkam, brauchte sie erst einmal ein Handtuch, einen Fön und neue Kleider, so nass war sie auf dem kurzen Stück über den Hof geworden.

Danach saßen sie und Oma Liesbeth wieder zusammen in der Küche, Jo lesend und die Oma stickend. Irgendwie war es bei dem Wetter beruhigend, einen Menschen um sich zu haben. Jedenfalls Jo empfand das so. Der Sturm sauste heulend ums Haus und pfiff durch jede kleine Ritze. Er ließ das alte Bauernhaus knacken und stöhnen, als wäre es ein großes, leidendes Tier. Jo bekam eine Gänsehaut und schüttelte sich.

In dem Moment ging das Licht aus.

Jo schrie überrascht auf, doch Oma Liesbeth blieb ruhig und kramte ein paar Kerzen aus einer Schublade. Schweigend lasen und arbeiteten sie im Kerzenlicht weiter.

Als es Zeit für das Abendessen war, holten sie Brot und Aufschnitt heraus. Ein warmes Essen konnten sie auf dem elektrischen Herd ja nicht kochen.

Als sie gerade fertig gegessen hatten und Jo satt und behäbig ihr Holzbrett von sich schob, hämmerte es wie wild an der Tür. Mit großen, erschrockenen Augen blickte Johanna ihre Großmutter an.

»Wer kann das denn sein?« In dieser gespenstischen Dunkelheit fühlte sie sich plötzlich sehr schutzlos. Was war, wenn sie jetzt jemand überfallen wollte? Niemand würde ihnen zur Hilfe kommen.

»Ja, schau doch nach!«, meinte Oma Liesbeth, die immer praktisch dachte. Doch sie strafte ihren ruhigen Tonfall Lügen, denn auch sie stand nun nervös auf und folgte Jo in den Flur.

Jo atmete tief durch und öffnete die Tür. Davor standen Helena und Frau Frisch und waren in Tränen aufgelöst.

Als sie in den Flur getreten waren und Jo den Sturm wieder ausgesperrt hatte, begann Frau Frisch mit aufgeregter Stimme zu berichten.

»Gott sei Dank seid ihr doch da! Wir dachten schon, ihr wäret gar nicht zu Hause. Es ist etwas ganz Fürchterliches passiert und wir brauchen unbedingt Hilfe!«

»Nun beruhigen Sie sich doch, Frau Frisch«, ermahnte sie Oma Liesbeth ruhig und mit sanfter Stimme. »Was ist denn passiert?«

»Natürlich, entschuldigen Sie. Helena und ich sind vorhin aus der Stadt gekommen. Wir mussten drei Kilometer vor dem Dorf aussteigen und zu Fuß weitergehen, weil dort der halbe Wald auf die Straße gefallen ist und die Stromleitung dazu. Mein Schwiegervater sollte eigentlich zuhause sein. Aber als wir ankamen, war das ganze Haus leer. Dann haben wir einen Zettel gefunden: 'Bin im Wald. Komme um fünf Uhr wieder, Opa.' Aber da war es doch schon sieben! Mein Mann und die Söhne sind mit den Pferden und der Kutsche in Bremen auf einem großen Fahrturnier.«

An dieser Stelle war sie so außer Atem, dass Helena weiter erzählen musste.

»Wir sind sofort in den Wald gelaufen und haben nach ihm gesucht und nach einer halben Stunde hatten wir ihn dann endlich gefunden. Ein umfallender Baum hat ihn getroffen und sein Bein eingeklemmt. Wir bekommen den Baum nicht weg. Wir wollten Hilfe holen, aber unsere Nachbarn sind alle nicht da.«

»Moment mal, heißt das, der Mann liegt immer noch unter dem Baum im Wald?«, fragte Oma Liesbeth alarmiert. »Seit Stunden?«

»Ja!«, bestätigte Frau Frisch unter Tränen. »Aber wir können den Baum nicht bewegen, die Telefone funktionieren nicht und überhaupt. Es ist so kalt und er hat starke Schmerzen!«

»Wie sollen wir denn helfen?«, fragte Jo. »Wir können doch auch keinen Baum bewegen!«

»Aber Lea!«, rief Helena.

»Aber die darf doch ihr Bein nicht so stark anstrengen!«, wandte Jo besorgt ein.

Oma Liesbeth warf ihr einen scharfen Blick zu. »So schlimm wird es für sie schon nicht werden. Hier geht es um ein Menschenleben, das ist wichtiger. Herr Frisch muss völlig unterkühlt sein und vielleicht verliert er auch Blut. Helena hat Recht. Das Pferd muss helfen.«

»Rosi und Fly sind ja nicht da und mit dem Auto kommt man nicht in den Wald«, sagte Frau Frisch drängend. »Wir haben unseren alten Geländewagen mitgebracht. Da können wir euren Pferdetransporter dranhängen. Zwischen eurem und unserem Haus sind die Straßen frei.«

»Hol das Pferd!«, befahl Oma Liesbeth Jo jetzt. Ihre Augen leuchteten vor Entschlossenheit. »Ich packe Decken, Verbandszeug und etwas Warmes zu trinken ein. Wir kommen mit, schließlich war ich früher Krankenschwester.

Ihr beiden hängt schon den Pferdeanhänger an«, sagte sie zu Helena und Frau Frisch gewandt.

Mit bleichen Gesichtern, aber froh, endlich etwas tun zu können, zogen sich Jo, Helena und Frau Frisch trockene Regenjacken über und rannten hinaus in den Sturm.

Kapitel 13:

Pony gehabt

Jo hatte furchtbare Angst, Lea könnte in dem Sturm panisch werden und sich nicht mehr führen lassen. Wahrscheinlich würde sie sich auf jeden Fall weigern, den Anhänger zu betreten.

Aber als sie die Stute vor die Tür in den Regen führte, wirkte das Fjordpferd nicht besonders nervös. Gauner wieherte ihr nur ein einziges Mal nach, schließlich war er es vom Fahrtraining her gewohnt, dass er ab und zu allein gelassen wurde.

Jo schloss die Stalltür und führte Lea auf den Hof. Ein gleißender Blitz schoss über den Himmel, unmittelbar gefolgt von einem ohrenbetäubenden Donnerschlag. Lea warf den Kopf hoch und tänzelte ein paar Schritte auf Jo zu.

»Nur ruhig, mein Mädchen!«, rief Jo durch das Tosen des Sturms beschwörend. Wenn sich die Stute nur verladen ließ!

Der Pferdeanhänger stand dunkel und für das Pony bedrohlich riesig wirkend auf dem Platz. Nur die Rücklichter strahlten hell durch den Regen. Lea stemmte die Hufe in den Boden und ließ sich nicht von der Stelle bewegen.

»Macht das Licht aus!«, brüllte Jo zu Helena hinüber, die die Autotür aufriss und ihrer Mutter die Anweisung weitergab.

Und als das Rücklicht nicht mehr brannte, geschah es: Lea trat sofort und ruhig im Schritt an und folgte Jo ohne weiteres Zögern auf den Anhänger.

Sekunden später saßen alle im Wagen und Frau Frisch fuhr los.

»Hoffentlich kippt der Anhänger nicht durch den Sturm um«, gab Helena zu bedenken und Jo sah sie erschrocken an. Daran hatte sie noch gar nicht gedacht.

»Nein, ich glaube, jetzt mit dem Pferd darauf wird das nicht passieren«, versuchte Frau Frisch die Mädchen zu beruhigen.

Tatsächlich kamen sie wohlbehalten auf dem Anwesen der Frischs an. Dort luden die Mädchen schnell die Stute aus und legten ihr das Einspänner-Geschirr an, während Frau Frisch und Oma Liesbeth noch trockene Decken, Taschenlampen und eine Plane aus dem Haus holten. Dann besorgten sie aus dem Garten einen leichten und schmalen Wagen, den sie eigentlich nur zum Transport von Apfelkisten und Ähnlichem verwendeten. Auf diesem Wagen sollte Lea den Verletzten aus dem Wald ziehen, wenn es ihnen gelang, ihn aus seiner verzweifelten Lage zu befreien.

Minuten später waren sie alle auf dem vom Regen aufgeweichten Feldweg unterwegs, der an einer niedrigen, rotweißen Schranke in den Waldweg überging. Weitere Minuten vergingen damit, die verrostete Schranke zu öffnen, so dass sie mit dem kleinen Wägelchen hindurchkamen.

Direkt hinter der Schranke wurde der Weg so schmal, dass er unmöglich mit dem Auto zu befahren gewesen wäre. Fast rennend hasteten die Frauen über den morastigen Boden. Die Strecke bis zu der Stelle, an der Paul Frisch lag, war noch lang. Bald mussten sie den leichten Wagen von dem Pony ziehen lassen, weil es ihnen auf dem schweren Boden zu anstrengend wurde. Sie mussten schnell vorankommen. Es war kalt und für den Verletzten zählte jede Minute. Er musste bald in die Wärme und verbunden werden, sonst würde es böse ausgehen, das wussten sie alle.

Als sie gerade um eine scharfe Kurve inmitten eines undurchsichtigen Waldstückes gebogen waren, blieb Frau Frisch, die an der Spitze gelaufen war, abrupt und mit erschrockenem Gesichtsausdruck stehen.

Der kleine Bach, der durch dieses Stück jungen Fichtenwaldes führte, war über die Ufer getreten, vor ihnen lag ein ganzer Teich, der den Weg versperrte.

»Gibt es einen anderen Weg?«, fragte Jo.

Frau Frisch schüttelte den Kopf. »Nein, nur dichten Nadelwald um uns herum.«

»Dann müssen wir mitten durch das Wasser«, stellte Jo fest.

»Wird Lea das mitmachen?«, fragte Helena.

Jo zuckte die Schultern. Das war kein seichter, heller Wassergraben wie auf dem Turnier, sondern eine tiefe, morastige Lache. Ein Pferd hier hindurchzubekommen, würde sehr schwierig werden. Schweigend führte sie Lea an und lief ins Wasser. Sie beachtete nicht, dass sie nasse Füße bekam und das Wasser die Hosenbeine hinaufkroch. Das einzige, was zählte, war, ob Lea ihr folgen würde oder nicht.

Die Stute zögerte und schnaubte, als sie das dunkle, tiefe Wasser vor sich sah. Sie warf einen Blick zu Jo und schnaubte ihr warnend zu, als habe sie Angst, ihre Freundin könne in dem Morast versinken. Jo begann, beruhigend auf die Stute einzureden und sie in das Wasser zu locken. Sie wusste nicht, ob die Stute sie durch das Tosen des Sturmes verstehen konnte, aber das Pony setzte ein erstes Bein in das Wasser und prüfte, ob es festen Stand bekam. Offensichtlich hielt es die Sache für sicher genug, denn plötzlich lief es eilig durch das Wasser auf Jo zu und drückte ihr leise wiehernd die Nüstern gegen die Schulter. Gerührt klopfte Jo der Stute den Hals und führte sie weiter.

Der Wagen, den die Stute zog, bewegte sich nur schwer durch den Schlamm und Lea musste sich ins Geschirr legen. Jo konnte sehen, dass die Stute das Problem mit ihrem Vorderbein offensichtlich selbst zu lösen verstand, indem sie es einfach nicht belastete. Stattdessen setzte sich die Stute tief in die starken Muskeln ihrer Hinterhand und warf sich mit voller Kraft in das Brustgeschirr. Der Schlamm musste den kleinen Wagen loslassen und sie konnten ihren mühsamen Weg fortsetzen.

Als sie endlich dort angelangt waren, wo Paul Frisch immer noch unter dem Baumstamm lag, erschrak Jo. Wie bleich der sonst so fröhliche alte Mann aussah! Er hatte die Augen geschlossen und schien nicht bei Bewusstsein zu sein. Oma Liesbeth ließ sich sofort neben ihm nieder, um fachmännisch Puls und Atem zu prüfen. Sie nickte den anderen zu, zum Zeichen, dass alles in Ordnung war. Erleichtert schirrten die Mädchen das Fjordpferd von dem kleinen Wagen ab und führten es zur Unglücksstelle, während Frau Frisch ihren Schwiegervater mit einer Decke und der regendichten Plane umwickelte. Währenddessen versuchte Oma Liesbeth, sich so gut es möglich war um das verletzte Bein zu kümmern. Aber bei dem wenigen Licht und unter dem Baum war nicht viel zu erkennen.

Helena und Jo berieten, wie sie Lea am besten vor den Baum spannen konnten. Wenn die Stute den Stamm einfach so von Opa Frischs Bein zöge, konnten durch das Herunterschleifen weitere Verletzungen entstehen. Die Mädchen dachten fieberhaft nach.

»Wenn wir das Seil um den Baum knoten und dann über den starken Ast des Nachbarbaums führen, müsste es gehen«, schlug Jo vor. »Dann wird der Baum ein bisschen angehoben und das Bein kommt frei.«

»Das machen wir!«, stimmte Helena zu und die Mädchen arrangierten das Seil entsprechend. Dann befestigten sie es an dem Geschirr der Stute.

»Jetzt kommt's darauf an!«, schrie Jo. »Kommt alle und helft ziehen!«

Frau Frisch, Helena und sogar Oma Liesbeth packten das Seil, während Jo die Stute anführte.

»Eins, zwei, drei!« Auf Jos Ruf begannen alle nach Leibeskräften zu ziehen. Die kleine, kräftige Stute legte sich noch heftiger ins Geschirr als zuvor bei der Wasserlache und spannte ihre Muskeln bis zum Äußersten an. Aber der Baumstamm rührte sich nicht.

»Vielleicht ist es besser, wenn wir drei den Baum schieben, anstatt mit zu ziehen!«, schlug Helena vor.

Also stemmten sie sich gegen den unbeweglichen Baumstamm, als die Stute wieder zu ziehen begann.

»Komm schon, Lea, zieh! Es geht um Leben und Tod!«, brüllte Jo der Stute zu. Diese schien sich noch mehr in die Seile zu legen, aber sie konnte ihr verletztes Bein nicht für die Arbeit gebrauchen und stemmte sie sich nur mit einem Vorderbein in den Morast.

Da ließ Jo die Stute los und packte, das Pferd weiter anfeuernd, das Seil und lehnte sich mit ihrer ganzen Kraft mit hinein. Lea stutzte nur einen kurzen Augenblick, weil Jo sie plötzlich nicht mehr anführte, aber sie hörte die anfeuernde Stimme ihrer Besitzerin und zog weiterhin mit voller Kraft.

Und endlich kam mit einem Mal Bewegung in den schweren Baumstamm. Zentimeter um Zentimeter glitt er auf den Ast zu, über den sie das Seil geworfen hatten. Und nach Momenten, die ihnen allen wie Stunden vorkamen, war Opa Frischs Bein endlich frei. Helena und Frau Frisch packten den Mann an den Armen und zogen ihn ein Stück von dem Baum weg, bevor Jo der Stute das Zeichen gab, mit dem Ziehen aufzuhören. Das Schlimmste war überstanden.

In fieberhafter Geschwindigkeit verband Oma Liesbeth das verletzte Bein, bevor sie Paul Frisch so vorsichtig wie möglich auf den Karren hoben. Dann spannten sie Lea wieder an und machten sich auf den Weg zurück.

Als sie wieder an der Wasserlache angekommen waren, mussten sie entsetzt feststellen, dass diese noch breiter geworden war. Aber Lea schien sich davon nicht abhalten lassen zu wollen. Im Gegenteil, ohne dass Jo etwas dagegen tun konnte, setzte sie sich in Trab und strebte mit flotter Geschwindigkeit auf das Wasser zu.

»Lass sie laufen!«, brüllte Frau Frisch. »Dann bleibt der Karren nicht so leicht stecken!«

Und sie behielt tatsächlich recht. Diesmal rappelte der Wagen in flotter Fahrt durch das Wasser, ohne sich festzusetzen. Nur die Begleiter mussten sich sputen, um zu verhindern, dass der Verletzte von dem Karren herunterrutschte. Dabei kam Oma Liesbeth ins Stolpern und fiel. Aber sie kam wieder auf die Beine, bevor ihr jemand helfen konnte. Sie war von oben bis unten nass und voller Schlamm. Ihre Haare hingen wirr um ihren Kopf, doch ihr Blick war voller Entschlossenheit.

»Seht zu, dass ihr weiterkommt!«, rief sie. »Ich bin zwar alt, aber noch lange nicht lahm. Ich hole euch schon wieder ein!«

Der restliche Weg war zwar anstrengend, aber er bot ihnen keine weiteren Probleme. Wieder beim Haus angekommen, wuchteten sie erst den Verletzten, der noch immer nicht bei Bewusstsein war, ins Haus und trennten sich dann für verschiedene Aufgaben. Während Frau Frisch und Oma Liesbeth im Haus blieben, um Paul Frisch aus den nassen Kleidern zu schälen und trocken und warm unterzubringen, rannte Helena los, um erneut zu versuchen, einen Arzt zu erreichen.

Jo aber brachte Lea in den Stall und rieb sie trocken.

»Fein hast du das gemacht, meine Gute. Vielleicht hast du ihm das Leben gerettet.«

Liebevoll strich sie der Stute über den Hals. Lea warf den Kopf auf, das Maul voll gestopft mit gutem Heu, das Jo ihr vorgeworfen hatte. Die Augen der Stute schauten zufrieden und interessiert um sich. Anscheinend hatte ihr das Abenteuer eher Spaß gemacht, als dass es sie belastet hätte.

Es dauerte lange, bis Jo Lea einigermaßen trocken hatte. Sie legte ihr eine leichte Decke auf und kehrte wieder ins Haus zurück.

Dort saß Opa Frisch schon wieder wach und aufrecht in seinem Bett und ließ sich genüsslich von Oma Liesbeth mit Hühnersuppe aufpäppeln.

»Es ist zwar eine dieser grauenvollen Instant-Suppen«, stellte Oma Liesbeth klar, als sei dies eine große Schande, »aber im Moment bekommen wir auf dem Gaskocher nichts Besseres zu Stande.«

»Ist die Verletzung schlimm?«, fragte Jo.

»Nein, so wild ist es nicht«, erklärte Frau Frisch. »Der Arzt war sogar schon da, hast du sein Auto nicht gehört? Die Straßen sind seit einer kurzen Weile wieder frei. Das Bein ist noch nicht einmal gebrochen, aber die Wunde musste genäht werden. Der Arzt sagt, wenn Opa noch lange im Wald gelegen hätte, hätte es auch schlimmer kommen können. Nun brauchen wir nur noch zu hoffen, dass er keine Lungenentzündung bekommt. Dagegen hat der Arzt aber auch schon etwas gespritzt.«

Jo lachte glücklich. »Na, da haben Sie noch einmal Schwein gehabt, Opa Frisch!«

»Pony!«, krächzte Paul Frisch, aber weil er noch einige Suppennudeln im Mund hatte, konnte Jo ihn nicht verstehen.

»Wie bitte?«

»Pony!«, wiederholte Opa Frisch, als er die Nudeln heruntergeschluckt hatte. »Ich habe nicht Schwein, sondern Pony gehabt!«

Kapitel 14:

Black Lace und der Engel

Opa Frisch bekam keine Lungenentzündung. Im Gegenteil, es war schwer, ihn zur Einhaltung der strengen Bettruhe zu überreden, die der Arzt empfohlen hatte.

Frau Frisch musste die ganze Zeit bei ihm Wache halten, um ihn an einer Flucht zu hindern.

»Der würde sich noch mit der Bettwäsche abseilen«, sagte Frau Frisch zu Helena, als sie sich zwischendurch ein Butterbrot aus der Küche holte.

Helena lachte. »Ich kann ihn verstehen. Schließlich ist draußen wieder herrliches Wetter. Nur morastig ist es noch überall. Jo und Anna haben übrigens eben angerufen. Sie möchten, dass ich mit zum Stall komme. Black Lace wird vielleicht heute Abend fohlen und die beiden wollen versuchen, Robert dazu zu überreden, uns als Geburtswächter einzustellen.«

»Das schließt wohl auch ein, dass ich dir erlauben soll, notfalls über Nacht dort zu bleiben?«, fragte Frau Frisch ahnungsvoll.

»Ach, ich hab den beiden schon abgesagt. Ich kann dich und Opa doch nicht hier alleine lassen«, antwortete Helena mit traurigem Gesicht.

»Was höre ich da, junge Dame?«, ließ sich da Paul Frischs Stimme aus dem Nebenraum vernehmen. »Du hältst mich doch nicht etwa für alt und gebrechlich?«

»Aber nein, Opa, das hab ich doch gar nicht gesagt«, protestierte Helena laut.

»Also, dann kannst du auch nicht meinen, dass ich nicht mal eine Nacht ohne dich auskomme«, stellte Opa Frisch fest.

»Da hörst du`s, Kind!«, sagte Frau Frisch. »Sieh zu, dass du in den Stall kommst, sonst ist Opa beleidigt – und ich auch, weil du mir nicht zutraust, allein mit einem Tattergreis fertig zu werden.«

Selbstverständlich brach Paul Frisch daraufhin wieder in lautes Protestgeschrei aus und Frau Frisch musste sich beeilen, zu ihm ins Zimmer zu kommen, damit er nicht aus dem Bett sprang, um seine Jugendlichkeit zu beweisen.

Helena verkniff sich ein Lachen und machte sich auf den Weg, Jo anzurufen und den Schlafsack und noch allerhand zusammenzupacken, ohne das sie die mögliche Nachtwache nicht überstehen konnte. Allerdings gehörten dazu weder Zahnbürste noch Waschlappen – im Gegensatz zu einer umfangreichen Verpflegung.

Gerade als sie die letzte Chipstüte möglichst unbeschadet in den Rucksack manövriert hatte, bog der Wagen von Jos Mutter mit Anna und Jo auf dem Rücksitz um die Ecke.

Als die drei auf dem Lauenbergerschen Hof ankamen, war dort die Hauptzeit des Reitunterrichtes bereits vorbei und der Hof lag verhältnismäßig ruhig in der satten Spätnachmittagssonne. Der Geruch der Kornfelder, die in der Sonne trockneten, lag angenehm in der Luft und das Gras auf den Weiden wiegte sich in lauem Wind.

»Gut, dass Black Lace nicht mitten im Sturm abgefohlt hat«, meinte Anna. »Da hätte der Tierarzt möglicherweise gar nicht kommen können, wenn etwas schief gelaufen wäre.«

»Es wird aber nichts schief laufen, hörst du?«, erklang da scharf Roberts Stimme. Er war so plötzlich hinter ihnen aufgetaucht, dass Jo beinahe vor Überraschung aufschrie.

»Entschuldige«, murmelte Anna. »Ich wollte damit wirklich nichts heraufbeschwören. Ich hab nur an ihr Wohl gedacht.«

»Schon gut«, sagte Robert, immer noch etwas schroff. »Aber es darf ihr nichts passieren. Sie ist Mutters Pferd gewesen«, fügte er nach einer kurzen Weile an und ließ die Mädchen dann stehen, indem er in Richtung Koppel verschwand.

Anna stand immer noch da wie vom Donner gerührt. Sie war so blass geworden, dass ihre Sommersprossen wie schwarze Nadelköpfe auf ihrer Haut wirkten.

»Mach dir nichts draus«, tröstete sie Helena. »Er ist bestimmt nervös, weil es sich gerade um Black Lace handelt. Das muss für ihn schon etwas sehr Besonderes sein.«

»Was ist denn mit seiner Mutter?«, fragte Anna, die nicht oft genug auf dem Hof war, um die Stallgeschichten mitzubekommen.

»Sie ist vor drei Jahren an Leukämie gestorben«, erklärte Helena. »Er hat sehr an ihr gehangen und Black Lace ist ihr Pferd gewesen, deshalb pflegen Herr Lauenberger und Robert sie besonders liebevoll und sie geht auch nicht im Unterricht mit.«

»Ehrlich gesagt weiß ich gar nicht, um welches Pferd es eigentlich geht«, gestand Anna. »Ich bin noch nie in dem privaten Stalltrakt gewesen.«

»Oh, dann warte mal ab, bis du sie siehst!«, meinte Helena. »Sie sieht einfach toll aus. Wahrscheinlich ist sie noch auf der Koppel. Wollen wir Robert hinterhergehen und nachsehen?«

»Ich weiß nicht. Er war ja nicht gerade freundlich eben.«

»Aber irgendwann müssen wir doch fragen, ob wir hierbleiben können«, wandte Jo ein. »Es hilft auch nichts, wenn wir das vor uns herschieben.«

»Schön«, gab Anna nach. »Versuchen wir es.«

Auf der kleinen, geschützten Weide, die hinter dem Hof am Waldrand lag, stand eine wunderschöne, zierliche Rappstute und graste ruhig vor sich hin. Anna, die das Pferd noch nie gesehen hatte, blieb andächtig staunend stehen.

»Mein Gott ist die schön!«, sagte sie mit gepresster Stimme.

»Sie ist eine reinblütige Vollblutaraberstute«, erklärte Robert, der mit dem Rücken zu ihnen am Koppelzaun stand. »Eigentlich ist ihr Name etwas ungewöhnlich für einen asilen Vollblutaraber. Die haben meistens Namen in der Originalsprache, aber Black Lace wurde von ihrem Züchter so genannt, als seine Frau sagte, die Stute sei so fein und kostbar wie schwarze Spitze. Und der Züchter war hauptberuflich Englischlehrer. Daher kommt der englische Name.«

»Ich habe schon viele arabische Vollblüter auf Fotos gesehen, aber noch nie einen in Wirklichkeit«, sagte Anna und ließ ihren Blick über den zierlichen, perfekten Körperbau der Stute streifen. Jetzt hob das Pferd den Kopf und blickte zu ihnen hinüber. Es hatte einen feinen, edlen Kopf mit großen Augen und Nüstern und sanft geschwungenen Ohren.

»Was für einen lieben Blick sie hat«, bemerkte Helena, die die Stute, deren Schönheit nur von dem unförmig angeschwollenen Leib etwas beeinträchtigt wurde, ebenso gebannt beobachtete wie Anna.

»Ja, sie mag Menschen. Das ist bei fast allen Arabern so. Dort, wo sie herkommen, erzählt man, dass Mohamed seine Stutenherde mehrere Tage dürsten ließ, bevor er ihnen das Gatter zum Wasser öffnete. Als die Stuten zum Fluss rannten, ließ er das Signal geben, das sie zu ihm rufen sollte. Nur fünf Stuten kehrten um, ohne getrunken zu haben, weil ihnen der Ruf ihres Herren wichtiger war. Dies sind die fünf Stammmütter der arabischen Pferdezucht. Deshalb, sagt man, sind es so treue Pferde.«

»Das ist eine wunderschöne Geschichte«, sagte Anna leise. Helena und Jo, die die Geschichte schon kannten, nickten lächelnd.

»Warum ist sie denn auf der Koppel?«, fragte Jo. »Soll sie nicht in die Abfohlbox?«

»Eigentlich wäre es auf der Koppel sogar besser«, antwortete Robert. »Dort sind die wenigsten Krankheitskeime und die Stute kann ihr Fohlen auch nicht an einer Wand erdrücken. Allerdings hat man auch kein Licht, wenn es Probleme gibt. Ich hole sie nachher lieber rein, dann kann ich sie vom Heuboden aus beobachten. Sie wird wohl heute Nacht fohlen, sie hat Harztropfen am Euter. Ab und zu kommt sogar schon etwas Milch.«

Da sah Helena ihre Chance gekommen. Jetzt, oder nie! »Meinst du, wir könnten vielleicht auch dabei bleiben? Dann hättest du Hilfe, wenn was passiert. Schließlich ist dein Vater doch vorhin weggefahren, oder nicht?«

»Mein Vater ist zwar heute nicht zu Hause, aber das schaffe ich schon allein«, antwortete Robert in abwehrendem Tonfall. »Eine Horde sensationslustiger Schnattergänse ist das Letzte, was ich bei einer Fohlengeburt gebrauchen kann.«

Helena und Anna starrten ihn entgeistert an. Keine von ihnen konnte verstehen, wie Robert plötzlich so unmöglich reagieren konnte. Jo allerdings teilte ihre Lähmung ganz und gar nicht, sie war stockwütend.

»Eigentlich hatten wir weniger ans Schnattern gedacht als daran, dir und dem Pferd eine Hilfe zu sein. Aber herzlichen Dank, unter diesen Umständen kannst du bleiben, wo der Pfeffer wächst. Ich hoffe nur, dass das arme Pferd nicht dafür die Zeche zahlen muss.« Daraufhin drehte sie ihm den Rücken zu und ging. Auch Helena und Anne rissen sich aus ihrer Verblüffung los und folgten ihr. Robert blieb allein am Koppelgatter zurück.

Die Mädchen hatten keine Lust, sich von Roberts ruppigem Verhalten den ganzen Tag verderben zu lassen und gingen zur großen Schulpferdeweide hinüber und ließen sich dort auf einer alten Holzbank nieder.

Helena packte für alle drei einen Schokoriegel aus und schweigend aßen sie, in das idyllische Bild der grasenden Pferde vertieft.

»Es gibt für mich überhaupt keinen schöneren und friedlicheren Anblick als Pferde auf der Weide«, sagte Helena nach einer Weile.

»Selbst dann, wenn sie frisch mit Schlamm paniert sind wie Mister Ed?«, fragte Anna scherzhaft.

»Gerade dann«, antwortete Helena. »Dreckige Pferde sind glückliche Pferde.«

»Muss wohl so sein«, bestätigte Jo, »sonst würde sich Lea nicht so eine Mühe geben, immer mindestens drei frische, große, grüne Flecken im Fell zu haben, immer hübsch abwechselnd mit Schlammtupfern.«

»Robert ist einfach blöd, uns so anzuschnautzen!«, wechselte Anna abrupt das Thema. Sie war immer noch sauer über seine plötzliche Feindseligkeit.

»Ja, das war allerdings blöd von ihm«, ertönte da wieder einmal überraschend hinter ihnen Roberts Stimme. »Deshalb ist er auch gerade gekommen, um sich bei euch zu entschuldigen.«

»Ach was!«, rief Helena aus.

»Ja, ach was«, Robert ließ sich von ihrem spöttischen Tonfall nicht provozieren. »Tut mir echt leid, aber mir gehen die Nerven etwas auf Grundeis heute. Das diese blöde Stute aber auch genau an diesem Tag ihr Fohlen bekommen muss!«

»Wieso genau an diesem Tag?«, erkundigte sich Jo. »Was ist denn mit diesem Tag nicht in Ordnung? Es ist doch so herrliches Wetter!«

»Aber es ist der Todestag meiner Mutter«, gab Robert mit bitterer Stimme zurück. »Es ist, als müsse etwas Schlimmes passieren. Und Vater ist nicht da. Er ist nach

Husum gefahren, um Mutters Grab zu besuchen und hinterher bei ihren Eltern vorbeizufahren. Und ich bin hier ganz alleine.«

»Tja, das hättest du anders haben können«, stichelte Jo, die immer noch etwas aufgebracht war.

»Das würde ich auch gerne anders haben. Vielleicht erinnerst du dich, dass ich mich bereits entschuldigt habe und könntest deshalb deine Kratzbürstigkeit einstellen.«

»Heißt das, wir dürfen bei der Geburt dabei sein?«, fragte Helena bereits voller Vorfreude.

»Ja, das heißt es. Es wäre aber nett, wenn ihr mir auch helfen könntet, die Pferde, die ihr Gras rationiert bekommen, auf den Auslauf zu bringen und mit Stroh zu versorgen.«

»Wenn ich dafür eine Pferdegeburt zu sehen bekomme, tue ich alles!« Helena war schon auf den Beinen und wollte losrennen, um die Halfter zu holen.

»Freu dich lieber nicht zu früh«, warnte Robert. »Manche Stuten führen einen tagelang hinters Licht, bevor das Fohlen kommt.«

»Dann bleibe ich eben tagelang hier und campe im Heu!«, rief Helena übermütig und stob in Richtung Sattelkammer davon.

»Dann könnt ihr ja die Pferde reinholen. Ich kümmere mich um das Stroh«, schlug Robert vor.

»Aha, mir scheint, du willst dich um die langen Wege drücken«, neckte Jo ihn.

Robert war ehrlich verblüfft. »Nein, eigentlich wollte ich euch die Schlepperei nicht zumuten.«

»Da kannst du mal sehen, Jo!«, meinte Anna. »Da haben wir einen Gentleman unter uns und du verkennst ihn völlig.«

Lachend folgten die Mädchen Helena. Robert blieb zurück und schüttelte nur den Kopf, lächelte aber dabei.

Die vier arbeiteten zügig und plaudernd vor sich hin. Währenddessen ging das Nachmittagslicht langsam in eine gedämpfte Abendstimmung über. Als sie fertig waren, blickte Robert auf die Uhr.

»Himmel! Es ist höchste Zeit, Black Lace reinzuholen!«

»Du hast recht, sonst hat sie ihr Fohlen schon, bevor wir es merken«, antwortete Helena aufgeregt.

»Blödsinn, so schnell nun auch wieder nicht.«

Trotzdem gingen sie beschleunigten Schrittes und allen war eine leichte Aufregung anzumerken.

Nur die Araberstute stand noch ebenso ruhig grasend auf der Weide wie zuvor.

Robert streifte ihr ein rotes Halfter über und führte sie zum Privatstall, in dem sich die riesige, gut gepolsterte Abfohlbox befand. Bedächtigen Schrittes folgte die Stute ihm in den Stall und begann sofort, an den Möhren in der Krippe zu knabbern. Die Mädchen sahen, dass die Box penibel gesäubert worden war und das gute Stroh an den Wänden aufgeschüttet lag, so dass die Stute wie in einem großen Nest stand. Neben der Box befanden sich ein Eimer mit abgekochtem Wasser und einem sauberen Handtuch darüber, Desinfektionsmittel, Seife und saubere Stricke. Robert hatte bereits alles für die Geburt vorbereitet.

»Wann rufen wir denn den Tierarzt?«, fragte Anna.

»Der Tierarzt wird nur gerufen, wenn es Probleme gibt. Ansonsten ist die Geburt innerhalb von 10 bis 30 Minuten vorbei, wenn es erst einmal richtig losgeht.«

»Junge, das ist aber schnell.«

»Das muss in freier Wildbahn auch so sein. Je länger es dauert, um so gefährlicher ist es für die Stute und das Fohlen.«

Während Helena das Pferd so vor sich hinfuttern sah, meldete sich plötzlich auch bei ihr der Appetit.

»Man, hab ich jetzt einen Hunger!«, stellte sie fest.

»Das geht mir nicht anders«, meinte Robert. »Wir können ja reingehen und uns etwas zu essen machen.«

»Aber wir können doch Black Lace nicht allein lassen!«, protestierte Jo. »Können wir nicht draußen essen? Wie Cowboys?«

»Tja«, murmelte Robert überlegend, »da fällt mir etwas ein. Macht ihr doch schon mal unser Bettenlager auf dem Heuboden fertig. Ich kümmere mich dann in der Zwischenzeit ums Essen.«

»Du?«, entfuhr es Anna ungläubig. Nicht ein männliches Wesen in ihrer Familie war in der Lage, etwas zu essen zu kochen.

»Klar«, gab Robert betont gleichmütig zurück. »Wozu gibt es schließlich Dosenfutter!«

»Dosenfutter?«, wiederholte Jo alarmiert.

»Wartet es ab! Kommt erst mal mit und nehmt meinen Schlafsack und die Lampe für den Heuboden in Empfang.«

Während die Mädchen das Heu zurechtpackten und die Isomatten und Schlafsäcke ausbreiteten, griff Robert in der Küche nach zwei großen Pfannen. In die eine schüttete er mehrere Dosen gebackene Bohnen mit Tomatensauce, in der anderen briet er Speck und Spiegeleier, mit denen er daraufhin die Bohnen in der anderen Pfanne verzierte.

Dann machte er noch eine große Kanne Kakao, stellte die Pfanne und den Kakao in einen Korb und steckte noch Schokolade und Erdnüsse dazu.

Wie die Cowboys, hatten sie gesagt, das konnten sie haben!

Als er mit der Verpflegung im Stall erschien, waren die Mädchen begeistert. Das war ja richtig romantisch! Gefräßige Stille breitete sich aus, als sie über die Bohnen und Spiegeleier herfielen.

Zwanzig Minuten später waren sie pappsatt. Träge angelte Jo noch das letzte Stück Speck aus der Pfanne.

»Jetzt müssen wir aufpassen, dass wir nicht einschlafen. Wenn ich so satt bin, passiert mir das nämlich ganz schnell.«

»Wir können ja abwechselnd schlafen und uns alle zwei Stunden ablösen«, schlug Helena vor. »Ich hab sogar einen Wecker mit.«

Sie waren zwar alle damit einverstanden, aber nachdem sie auf den Heuboden gekrochen waren, hatte niemand Lust, schon zu schlafen. Stattdessen unterhielten sie sich lange mit gedämpften Stimmen, um die Stute nicht zu stören. Die schien sich aber sowieso nicht um die Menschen in ihrer Nähe zu sorgen, sie döste friedlich mit eingeknicktem Hinterbein vor sich hin.

Nach zwei Stunden hatten die Freunde bereits vergessen, wie viel sie zum Abendessen verputzt hatten. So machten Helenas Chips und Roberts Erdnüsse zu der Apfelschorle die Runde, die Jo mitgebracht hatte.

»Also, ich finde, Fohlenwachechips schmecken einfach am besten«, schwärmte Helena. »Und es ist so gemütlich hier oben und dazu der herrliche Heuduft...«

Die anderen brummten zustimmend. Sie hatten sich bereits in ihre Schlafsäcke gehüllt und kuschelten sich ins

Heu. Robert erzählte Geschichten über arabische Pferde.

»Es heißt, dass jede Nacht zu jedem Pferd reiner arabischer Rasse ein Engel herabsteigt, seine Stirn küsst und seinem Besitzer Segen wünscht.«

»Dann sollten wir darauf achten, ob wir heute nacht einen Engel sehen«, meinte Jo.

Erst gegen ein Uhr in der Nacht fielen den Freunden wirklich die Augen zu. Sie einigten sich darauf, dass Robert zuerst Wache halten sollte. Nach zwei Stunden würde ihn Helena ablösen.

Während Jo langsam in den Schlaf hinüber dämmerte, betrachtete sie noch eine Weile Robert, der auf dem Bauch lagernd in die Abfohlbox hinabblickte. Das schummrige Licht der Lampe, die sie angebracht hatten, fiel auf sein Gesicht und sie konnte erkennen, wie sehr er sich um die schöne Stute sorgte, die dort unten in der Box vor sich hin schlummerte.

Unwillkürlich musste sie lächeln. Robert war ein prima Kumpel und gar nicht so überheblich und darauf aus, supercool zu wirken, wie sie anfangs gedacht hatte oder wie die Jungs in ihrer Klasse. Aber wer Pferde liebte, musste wohl irgendwie ein besonderer Mensch sein.

Über diesen Gedanken schlief sie schließlich ein, denn sie hatte ja noch vier Stunden Zeit, bis sie selbst Wache halten würde.

Aber soweit sollte es nicht kommen. Nur eine halbe Stunde später rüttelte Robert die Mädchen hektisch wach.

Das Bild in der Abfohlbox hatte sich gewaltig verändert.

Die hübsche Stute schlief nicht mehr. Über ihr glänzend schwarzes Fell lief bereits der Schweiß und ihrem

Gesicht war anzusehen, dass sie Schmerzen hatte. Sie drehte sich unruhig im Kreis und scharrte mit den Vorderhufen in der Einstreu.

»Ist alles in Ordnung?«, fragte Anna ängstlich.

Doch bevor Robert antworten konnte, knickten der Stute bereits die Beine ein und sie fiel auf die Seite.

»Gut so, sie liegt weit genug von der Wand ab«, stellte Jo fest.

Im selben Moment begann die Stute zu pressen und nicht einmal eine halbe Minute später zeigte sich etwas Weißes unter ihrem Schweif, das langsam die Form eines auf zwei ausgestreckten Vorderbeinen liegenden Fohlenkopfes annahm, der unter einer silbrig-weißen Hülle steckte.

Die Freunde rückten näher zusammen und Robert umkrallte den Holzbalken der Bodenumgrenzung vor Aufregung.

Dann riss der weiße Schleier über dem Fohlenkopf und ein pechschwarzes, nasses Mäulchen kam zum Vorschein. Selbst von hier oben sah man, wie sich die kleinen Nüstern blähten und das Fohlen hektisch nach Luft rang, bemüht, seinen Atemrhythmus zu finden.

Sekunden später atmete es bereits gleichmäßig. Mit einem letzten Pressen beförderte Black Lace auch die Hinterbeine ihres Fohlens ins Stroh, stöhnte einmal tief auf und kam dann auf die Beine und drehte sich vorsichtig nach ihrem Fohlen um, wobei die Nabelschnur, wie von der Natur vorgesehen, abriss.

Leise brummelnd begrüßte die Stute ihr Fohlen. Dieses hob den Kopf und für eine Sekunde berührten sich die Nüstern von Mutter und Kind.

In diesem Moment spürte Jo, wie ihr Tränen der Rührung in die Augen schossen. Was für ein fantastisches Bündel Leben war da auf die Welt gekommen! Es kam ihr wie ein Wunder vor, dass das kleine Pferdchen so leicht und schnell geboren worden war. Verstohlen blickte sie zu ihren Freunden hinüber und sah auch auf Annas und Helenas Gesichtern Tränen schimmern. Robert weinte nicht, aber die Hände, die immer noch auf dem Holzbalken lagen, zitterten.

Dann schickte Robert sich an, die Leiter hinunterzuklettern.

»So lange ich euch nicht zur Hilfe brauche, bleibt bitte da oben«, sagte er leise. »Dann stören wir die beiden am wenigsten.«

Er betrat mit dem Desinfektionsmittel die Box, ohne dass Black Lace sich daran störte. Liebevoll strich er ihr über den Hals.

»Brav. Das hast du gut gemacht, meine Liebe.«

Vorsichtig näherte er sich dem Fohlen, das ihm mit wach aufgestrecktem Köpfchen entgegenblickte. Es reckte sogar schon das Schwänzchen aus dem Stroh nach oben.

»Es ist ein Stutfohlen«, flüsterte Robert zu den Mädchen empor. »Das ist gut, dann kann es hier aufwachsen, zusammen mit dem Stutfohlen von Elderberry, der Tinkerstute.«

Sanft desinfizierte er den Nabelstumpf, verließ daraufhin die Box und kam wieder zu den Mädchen herauf.

Schweigend stießen sie mit Tee aus der Thermoskanne, den Anna mitgebracht hatte, auf das kleine Fohlen an, das jetzt seine ersten Stehversuche auf den langen Beinen unternahm.

Helena spendierte noch eine Runde Schokoriegel. »Obwohl das Fohlen viel süßer ist, als alle Schokoriegel der Welt.«

»Lass nur, die Nervennahrung kann ich jetzt gut gebrauchen«, meinte Robert.

»Es ist doch alles wunderbar gelaufen«, sagte Anna zu ihm. »Du hättest dir keine Sorgen machen müssen.«

»Wirklich geschafft ist es erst, wenn das Fohlen die Milch gefunden hat«, antwortete Robert. »Es muss die Biestmilch in den ersten sechsunddreißig Stunden trinken, besser viel früher. Die enthält Antikörper, die das Fohlen braucht, um gegen Infektionen gerüstet zu sein.«

Aber das Fohlen war offensichtlich recht lebenstüchtig und strapazierte Roberts Nerven nicht lange. Bereits sein dritter Stehversuch war erfolgreich und zehn Minuten später hatte es die Zitze gefunden, nachdem es zuerst an den Vorderbeinen der Stute gesucht hatte.

»Jetzt können wir uns beruhigt schlafen legen«, meinte Robert und alle kuschelten sich wieder in ihre Schlafsäkke.

»Wie soll die Kleine denn heißen?«, fragte Helena unvermittelt, als sie schon fast eingeschlafen waren.

»Ich finde, es sollte irgendwas mit Engeln zu tun haben«, sagte Jo. »Mir hat die Geschichte mit dem Engel nämlich gut gefallen.«

»Ist das Fohlen denn auch ein Vollblutaraber?«, erkundigte sich Anna.

»Ja, der Vater ist sogar Asil-Cup-Champion gewesen, ein ganz wunderbarer Hengst«, schwärmte Robert.

»Wie wäre es mit Black Angel?«, schlug Helena vor.

»Ich weiß nicht, eigentlich ist es für einen Engel ein bisschen zu kühn«, warf Robert vorsichtig ein. »Schaut mal, jetzt boxt es gerade seinen kleinen Hintern in den Bauch der Mutter. Wahrscheinlich fließt ihm die Milch zu langsam. Die Kleine scheint mir eher eine Draufgängerin als ein Engel zu sein.«

»Wie wär's dann mit Bold Angel, Kühner Engel?«, glänzte Jo mit ihren Englischkenntnissen. »Dann würde der Name auch mit 'B' anfangen, wie der der Mutter. Und dass das Fohlen wie ein Engel aussieht, kann man ja nun nicht leugnen.«

»Das ist ein schöner Name«, meinte Robert. »Für das kleine Wesen da klingt er zwar noch etwas pompös, aber wenn es so eine imposante Schönheit wird wie die Mutter, dann wird er passen.« Alle stimmten zu.

»Also, dann soll es so heißen.«

Zufrieden legte sich Robert wieder ins Heu zurück. Glücklich zusammengekuschelt lagen die vier da und stellten sich bereits vor, wie das Fohlen über die grünen Wiesen galoppieren würde.

Jo bekam mit einem Mal ein ganz feierliches Gefühl. Es wurde ihr ganz warm im Bauch und sie lächelte glücklich. An Helenas frohem Seufzer erkannte sie, dass es ihr ebenso ging.

»Ich glaube, der Engel ist gerade da gewesen«, flüsterte Anna plötzlich.

Robert warf einen Blick in den Stall hinunter.

»Jetzt ist er schon wieder gegangen. Aber du hast Recht, irgendwie hatte ich auch das Gefühl.«

»Vielleicht war es ja deine Mutter«, meinte Jo.

Robert schwieg eine Weile und Jo ärgerte sich, dass sie das gesagt hatte. Wie dumm von ihr, ihn gerade jetzt an das schreckliche Ereignis zu erinnern!

Aber da hörte sie Robert leise sagen: »Ja, das kann schon sein. Ein Engel ist sie bestimmt geworden. Und sie würde es sich nicht nehmen lassen, Bold Angel selbst auf dieser Welt willkommen zu heißen.«

In diesem Moment ertönte aus dem Stall unten ein kleines, helles, frohes Wiehern. Das kühne Engelchen begrüßte gerade das Leben auf seine Art.

Plötzlich regte sich der ganze Stall und alle Pferde antworteten dem kleinen Fohlen mit einem fanfarenartigen Chor wiehernder Stimmen.

Kapitel 15:

Leas Sommer

Die kleine Bold Angel sorgte dafür, dass für die Freunde der Sommer noch schneller vorüber ging, als er es ohnehin schon tat. Wenn sie neben der Schule und ihren eigenen Pferden noch Zeit fanden, verbrachten sie sie an der Weide, auf der Black Lace und Bold Angel mit Elderberry und ihrem Stutfohlen Blessing im grünen Gras spielten.

Bereits nach der ersten Tierarztkontrolle am Morgen mit der obligatorischen Impfung gegen Fohlenlähme hatten sie die beiden Stuten mit ihren Fohlen zusammen auf die Koppel gestellt. Hier gab es genug Raum zum Laufen, Futter, frisches Wasser und einen Unterstand, also alles, was die jungen Mütter mit ihrem Nachwuchs brauchten.

In der ersten Zeit hielten die Mütter noch ihre Fohlen voneinander fern. Doch schon bald gab es wilde Laufspiele zwischen den beiden zu beobachten. Auch wenn Blessing deutlich langsamer war als ihre Freundin, hatten beide offensichtlich viel Spaß daran.

Aber ebenso lange, wie sie miteinander spielten, lagen sie auch im Gras herum, immer wieder unterbrochen von einem schnellen Schluck an Mutters Euter. Es war eine einzige Freude, den Pferden zuzusehen.

Über die vielen glücklichen Stunden im Pferdestall brach mit einem Mal der Spätsommer herein und die Tage wurden etwas kühler, wenn sie auch sehr sonnig blieben.

An einem Montag fragte Robert die Mädchen, ob sie am nächsten Sonntag am traditionellen Spätsommerausritt der Reitschule teilnehmen wollten. Sämtliche reitbaren Pferde würden unter den Reitschülern, die sich angemeldet hatten, mit ins Gelände gehen. Herr Frisch sollte mit Fly und Rosi ein großes Picknick zu einem Treffpunkt bringen, wo sie alle zusammen Pause machen wollten.

»Bis jetzt hatten wir jedes Mal einen Heidenspaß«, meinte Robert, »und ich habe euch vorsichtshalber schon mal Mr. Ed, Belle und Salamanca reserviert.«

»Spitzenmäßig!«, rief Anna, deren Lieblingspferd die schöne Andalusierschimmelstute Salamanca war.

»Natürlich kommen wir mit!«, versicherte Jo, mindestens ebenso begeistert.

Helena fand es zwar schade, dass sie nicht ihr eigenes Pferd reiten konnte, aber dass sie sich diesen Spaß nicht entgehen lassen würde, das war klar.

»Wie viel wird es denn kosten?«, erkundigte sich Jo, ihr ständig leeres Sparschwein vor Augen.

»Darum müsst ihr euch keine Sorgen machen. Papa will euch einladen, weil ihr bei der Geburt von Bold Angel geholfen habt.«

»Aber wir haben doch gar nichts getan!«, wunderte sich Anna.

»Das weiß Papa ja nicht, ich habe ihm gesagt, ihr wäret unverzichtbar gewesen. Stimmt ja auch, allein wäre es nur halb so schön geworden.«

Die Mädchen grinsten und es war nicht ganz zu erkennen, ob die Freude ihren Grund in dem Kompliment oder der Aussicht auf den Ausritt hatte.

Am Mittwoch rief Frau May Jo vom Pferdeauslauf herein, weil Herr Frisch am Telefon sei. Jo, die erwartete, dass Helenas Vater am anderen Ende der Leitung war,

war überrascht, als sie Opa Frischs fröhliche Stimme hörte.

»Da haben wir ja die junge Dame! Wie geht es denn bei dem schönen Wetter?«

»Wunderbar, Opa Frisch. Ich war gerade draußen bei Lea.«

»Aha, das bringt mich gleich auf den Grund meines Anrufes. Ich hab nämlich eine Bitte an dich.«

»Eine Bitte?« Jo war etwas verwirrt.

»Ja. Ich sehe das doch richtig, dass du nicht mit Lea zum Spätsommerausritt fahren wirst?«

»Ja, das stimmt, da werde ich Mr. Ed von der Reitschule reiten.«

»Siehst du, und da wollte ich dich fragen, ob ich mir deine Lea ausleihen kann, um mit ihr zum Treffpunkt zu fahren. Das ist nicht besonders weit, weil die Reiter da schon auf dem Rückweg sind, also würde es sie nicht überfordern. Außerdem fahre ich schon seit ich ein kleiner Junge bin, dein Pony ist also in guten Händen.«

»Sie wollen zum Picknick mit ihr fahren?«

»Ja, und vorher werde ich versuchen, eine wunderschöne Dame abzuholen, die ich gerne dabei hätte – meinst du, dass ich deine Großmutter vielleicht dazu überreden könnte? Ich möchte mich damit für ihre Hilfe bei dem Sturm bedanken.«

Jetzt verstand Jo und war gerne bereit, Opa Frisch Lea für den leichten Einspänner zu leihen. Schließlich waren Rosi und Fly schon zum Transport des Picknicks eingeteilt und somit nicht mehr zu haben. Außer dem Picknick würde der Planwagen auch noch mit der restlichen Familie Frisch und Jos Eltern beladen sein.

Allerdings war Jo etwas skeptisch, was Paul Frischs Vorhaben mit Oma Liesbeth anging, denn diese hatte sich bisher standhaft geweigert, mit zum großen Picknick zu fahren.

Aber als sie ihre Zweifel Opa Frisch erklärte, konnte sie hören, wie der am Telefon lächelte.

»Überlass das mal mir, junge Dame. Ich werd schon dafür sorgen, dass sie sich nicht um dieses große Ereignis bringt.«

So kam es, dass Jo und Frau May am Sonntag ganz früh und leise aufstanden, um heimlich Lea zu Opa Frisch zu bringen, wo er sie für die Kutschfahrt vorbereiten wollte. Sie mussten fürchterlich aufpassen, um Oma Liesbeth nicht zu wecken, dann wäre die ganze Überraschung dahin gewesen.

Aber glücklicherweise schafften sie es unbemerkt hin und zurück.

Nachdem sie dann gemeinsam mit der Familie gefrühstückt hatten, fuhr Jo in den Stall, um Mr. Ed für den Ausritt fertig zu machen.

Um elf Uhr startete dann ein riesiger Tross von Reitern vom Lauenbergerschen Hof aus in die Natur. Sämtliche Schulpferde waren dabei und dazu noch fast alle Privatpferde aus dem Stall und der näheren Umgebung mit ihren Reiterinnen und Reitern.

In ruhigem Schritt ging es zunächst durch die angrenzenden Felder, auf denen noch das volle Korn stand. Es duftete überwältigend nach den reifen Ähren. Hin und wieder fanden sich leuchtend rote Mohnblumen und blaue Kornblumen zwischen den Halmen.

»Ist es nicht eine wunderschöne Jahreszeit?«, fragte Robert die Mädchen, die mit ihm am Schluss der Gruppe ritten, um aufzupassen, dass unterwegs niemand verloren ging oder vom Pferd fiel.

»Es ist herrlich«, stimmte Jo zu. »Was wir für ein tolles Wetter haben.«

»Ja, als es letzte Woche die zwei Tage geregnet hat, dachte ich schon, wir müssten heute in Regenponchos unterwegs sein«, meinte Helena, aber ihre letzten Worte klangen schon etwas abgehackt, denn auf einem breiten Waldweg war die Gruppe jetzt in frischen Trab übergegangen. Daraufhin schwiegen die Vier und genossen die federnd ausgreifenden Schritte ihrer Pferde.

Nach einiger Zeit bogen sie auf einen schmalen Trampelpfad, der zunächst weiter durch den Wald führte und hier von hohem Farn umgeben war. Jetzt mussten sie die Pferde wieder langsamer laufen lassen. Jo flog mit ihren Gedanken in längst vergangene Zeiten. Sie stellte sich vor, sie sei unterwegs mit einer Gruppe von Rittern, die auf dem Weg zur nächsten Burg waren. Vor ihr klopfte Anna den seidigen, milchweißen Hals Salamancas. Wahrscheinlich träumte sie davon, auf einem Einhorn durch verzauberte Wälder zu reiten. Jedenfalls sahen die beiden fast so aus wie ein Fabelwesen und eine Prinzessin.

Der schmale Pfad führte sie durch ein Moor und dann lange Zeit durch eine Brachelandschaft mit hohen Gräsern. Der Boden wurde zunehmend sandiger. Nach einer Weile gelangten sie an den Strand, wo sie am heutigen Tag mit einer Sondergenehmigung reiten durften. Eigentlich war das Reiten hier nur im Winter gestattet.

Dort erlaubte Herr Lauenberger der Gruppe, einen ruhigen Galopp einzuschlagen. Ab und an buckelte eines der Pferde übermütig, aber die Reiter fielen nicht herunter.

Jo ließ ihren Blick über das Meer schweifen und genoss die salzige Luft und die Weite. Mr. Ed schien es ebenso zu gehen, er blähte die Nüstern und sog die Meeresluft tief ein.

Sie waren fast traurig, als sie wieder vom Strand abbiegen mussten. Vor ihnen lag nun ein breiter Wiesenweg, der sie auf eine kilometerlange, grade Strecke mit Grasboden brachte, wo früher einmal eine Bahnlinie entlanggeführt hatte.

Hier ließen sie die Pferde einen ausgedehnten, schnellen Galopp gehen.

Jo stellte sich in den Steigbügeln auf und ließ sich von dem raschen und berauschenden Schwung vorwärts tragen.

Von hinten schoss Annabell an Mr. Ed vorbei. Sie war sehr ehrgeizig und ertrug es nur schwer, ein Pferd vor sich laufen zu sehen. Aber Robert zügelte sie, bevor sie noch weitere Pferde überholen konnte. Schließlich sollte der Ausritt nicht in einer wilden Jagd enden. Annabell buckelte kurz, weil sie ihren Willen nicht bekam, aber Robert saß eisern im Sattel und lachte nur darüber.

Jo warf einen Blick über die Schulter und sah, dass Anna und Helena den schnellen Galopp ebenso genossen wie sie. Und wie es aussah, galt dies auch für die Pferde.

Es ging noch lange durch Feld, Wald und Wiesen, bis sie auf eine große Koppel gelangten, auf der bereits große Flächen für die Pferde mit Elektrozaun abgesteckt waren.

Sie sattelten die Pferde ab und tränkten sie vorsichtig mit dem sonnenerwärmten Wasser, das Herr Lauenberger mit einem Anhänger auf die Wiese gefahren hatte.

Die meisten Pferde wälzten sich erst einmal im Gras, bevor sie sich in den Schatten der angrenzenden Bäume zurückzogen.

Dann kam Herr Frisch mit dem Planwagen und den beiden Dunkelfüchsen auf die Wiese gefahren. Es war ein herrlicher Anblick, wie Rosi und Fly wach und mit hoher Knieaktion auf die große Fläche trabten.

Als sie bei den Reitern angekommen waren, sprangen die Passagiere aus der Kutsche und halfen, die Pferde auszuspannen, sie zu tränken und auf eine der abgezäunten Flächen zu bringen. Rosi legte sich sofort zum Wälzen nieder. Dann fiel ihr auf, dass sie so dem Gras viel näher war und begann, wohlig seufzend im Liegen das Gras um sich herum abzurupfen.

»Faules Mädchen!«, bemerkte Helena lachend.

»Immerhin hat sie dein Essen hierher gezogen, also sag lieber nichts«, erwiderte ihr Vater, der die Fuchsstute immer gegen solche Neckereien verteidigte.

»Essen!«, rief Helena. »Stimmt ja, das Picknick hätte ich beinahe vergessen. Mann, hab ich einen Hunger!«

Und dann luden sie die Körbe voll von herrlichem Essen aus. Es gab belegte Brote, kalte Schnitzel und Frikadellen, Kartoffel-, Nudel- und Gurkensalat, gegrillte Hühnerbeine, gekochte Eier und jede Menge Obst und Gemüse. Helena strahlte vor Glück.

In einer großen Wanne mit Eis schwammen Flaschen mit kaltem Mineralwasser, Milch, Kakao, Apfelschorle und Malzbier.

Bald lungerte die gesamte stolze Reiterschar mit beladenen Tellern und Getränkeflaschen im Gras herum.

Erst als der erste Hunger gestillt war, fragte Jo ihre Mutter: »Wo nur Opa Frisch bleibt? Es wird doch wohl nichts passiert sein mit Lea?«

»I wo«, gab Frau May gleichmütig zurück. »Ich kenne meine Mutter. Leicht wird sie sich nicht geschlagen geben. Er wird eine Weile kämpfen müssen, um sie zu überreden. Wart es ab, bald sind sie da.«

Frau May behielt Recht. Eine Viertelstunde später bog eine Kutsche mit einem Fjordpferd davor auf den Weg zur großen Picknickwiese ein.

Jo bekam vor Staunen den Mund kaum wieder zu. Opa Frisch hatte nicht nur ihr Pferd auf Hochglanz poliert, er hatte auch die Kutsche neu gestrichen und das Geschirr geputzt. An Leas Zaum steckten kleine Strohblumensträußchen und auch die Kutsche war mit Blumen geschmückt. Opa Frisch trug einen Anzug und eine Fahrermütze. Er glich einem Baron, wie er da so stolz auf dem Kutschbock thronte, neben sich Oma Liesbeth in einem blauen Sommerkleid und mit einer Blume im Haar.

Jo lächelte.

»Du hast dich ja lange gewehrt, Oma Liesbeth«, sagte sie, als die Kutsche vor der Picknickgesellschaft hielt. »Wir hatten euch schon viel früher erwartet.«

»Das stimmt nicht!«, protestierte Frau Leeven leidenschaftlich und strahlte. »Sobald ich die Kutsche mit Paul auf den Hof fahren sah, wusste ich, dass ich mitfahren wollte. Aber ich konnte wohl kaum in meiner Gartenschürze und mit Blumenerde unter den Fingernägeln einsteigen.«

Die Freude über die Ankunft der turtelnden älteren Generation steigerte sich noch, als Helena entdeckte, dass hinten auf der Kutsche noch ein riesiger Korb stand, in dem sich sorgfältig aufgeschichtet Mohnschnecken, Apfeltaschen und Zimtkringel stapelten. Das war ein würdiger Abschluss für ihr Picknick!

Nachdem auch Lea zur Rast auf die Weide geschickt worden war und sie so viel von dem Kuchen gegessen hatten, wie in die ohnehin schon reichlich gefüllten Mägen noch hineinging, lagerten sie noch eine Weile in der Nähe der Pferde auf der Wiese und plauderten. Jo blickte verliebt zu ihrer kleinen, hübschen Fjordstute hinüber.

»Eigentlich ist es sehr schade, dass der Sommer schon fast wieder vorbei ist«, meinte Anna plötzlich bedauernd.

»Das stimmt, es war ein wundervoller Sommer«, bestätigte Helena.

»Der Sommer des Kutschefahrens«, sagte Jo.

»Und der Sommer des Turniers«, ergänzte Helena.

»Und Black Laces und Bold Angels Sommer«, meinte Robert.

»Der Sommer des Sturms«, sagte Frau Frisch.

»Und der Sommer der Ausritte«, fiel Anna ein.

»Vor allem aber der Sommer des großen Picknicks«, betonte ein rundlicher Junge aus der Schar der Reitschüler. Er hatte den Köstlichkeiten noch mehr zugesprochen als Helena.

»Und der Sommer von Oma Liesbeth und Opa Paul«, fügte Helena schmunzelnd mit einem Blick zu dem Pärchen hinüber, das inzwischen dazu übergegangen war, Händchen zu halten.

»Also, liebe Kinder, seid mir da nicht böse«, wandte nun Opa Frisch ein. »Nicht, dass ich das alles nicht sehr sehr schön fände, ganz im Gegenteil.« Hier warf er einen liebevollen Blick zu Oma Liesbeth hinüber. »Aber ich denke, das ist so nicht ganz richtig. Es gibt etwas, das bemerkenswerter ist als alles andere: In Wahrheit ist dies ohne jeden Zweifel vor allem Leas Sommer.«

Über die Autorin
Insa Fuhrmann wurde 1976 in Kiel geboren. Sie studierte Rechtswissenschaften an der Universität Kiel und ist inzwischen in einer eigenen Kanzlei als Rechtsanwältin tätig. Seit ihrem achten Lebensjahr reitet sie. Seither sammelte sie – auch auf längeren Auslandsreisen – viele Erfahrungen mit eigenen und fremde Pferden verschiedener Rassen. Seit 2000 veröffentlichte sie Artikel in Fachzeitschriften. »Leas Sommer« ist ihr erster Roman.

Die Reihe **»Jo's Pferdeabenteuer«** wurde von Insa Fuhrmann konzipiert. In jedem Band steht eine Pferderasse im Mittelpunkt, deren Eigen- und Besonderheiten die spannenden Erlebnisse von Jo und ihren Freundinnen und Freunden begleiten.

Der nächste Band ist schon in Arbeit:

Der dunkle Reiter
Während eines Ausritts entdecken Jo und Helena einen geheimnisvollen Reiter auf einem riesigen Rappen. Ihre Neugier ist geweckt. Sie finden heraus, dass der dunkle Reiter ein Junge namens Lynn ist, der einen Friesenhengst und ein Reitpony besitzt. Doch Freundschaft mit Lynn ist nur schwer zu schließen, da Lynn sich nach dem Tod seines Vaters in eine dunkle Fantasiewelt aus Büchern und Computerspielen zurückgezogen hat. Wird es gelingen, Lynn wirklich kennen zu lernen und in die Realität zurück zu holen?

Weitere Pferdebücher im Atlantik Verlag:

»Take it Isi«
Die Islandpferdegeschichten von Astrid Gründel

Die spannenden Geschichten der 14-jährigen Ines und ihrer Isländerstute Hekla. Hier dreht sich fast alles um die Liebe – nicht nur die zu den wunderbaren Pferden mit ihrer besonderer Gangart, dem Tölt...

»Diese Neuerscheinung ist ein herzerfrischender Roman, bei dem ihr auf jeder Seite die Liebe zu den Islandpferden und die Sachkenntnis der Autorin spürt. Aber nicht nur das, auch in die Herzensangelegenheiten der Jugendlichen ist sie eingeweiht, und sie versteht es, so darüber zu schreiben, dass es 'unter die Haut geht'.« (Freizeit im Sattel)

Tölt auf dem Vulkan
143 S., geb., 10,- EUR
ISBN 3-926529-55-5

Tölt und Turbulenzen
138 S., geb., 10,- EUR
ISBN 3-926529-57-1

Tölt auf tollen Touren
172 S., geb., 10,- EUR
ISBN 3-926529-81-4

Und für die ganz jungen Fans im Grundschulalter:
Kvika - Das Pony von der Insel aus Feuer und Eis
farbig illustriert von Laura Fehlauer
64 S., geb., 14,- EUR
ISBN 3-926529-82-2

Atlantik Verlag * Elsflether Str. 29 * 28219 Bremen
Tel: 0421-382535 * Fax: 0421-382577
info@atlantik-verlag.de * www.atlantik-verlag.de